序　蟠桃の寵 ―― 6

第一話　千顧千秋を厭わず ―― 17

第二話　麗しき歌劇 ―― 81

第三話　花咲ける昂羊宮 ―― 159

第四話　二つの正義 ―― 233

跋　愛しき蟠桃 ―― 302

イラスト／夢子

捨てられた皇后は暴君を許さない

～かくも愛しき蟠桃《ばんとう》～

序　蟠桃の寵

――姚白瓊《ようはくけい》が生まれたのは、北国の郷州《ごうしゅう》でさえ稀《まれ》な大雪の日であったそうだ。

動乱の中原《ちゅうげん》を、陶《とう》氏の蒼《そう》国が統一してより、四五八年目の冬のことである。

雪のごとく白い肌に、涼やかな目元。父親の姚斉幹《さいかん》は、二人の息子に続いて生まれた長女を抱いて「なんと清げな子か」と喜んだという。

北方は自由の気風があり、男女の教育に分け隔てがない。学問所こそ男子のものであったが、女子の教育のために女性の学傅《がくふ》を招くのも珍しくなかった。

白瓊は幼い頃から、絵物語や、説話の他、二千年前の允《いん》王朝と、千五百年前の十三国時代の賢六王の逸話を好み、愛した。

北方の知識人は、詩作をしばしば行う。私邸に詩劇団を抱え、折に触れて自作の詩劇を上演するのが嗜《たしな》みでもあった。書割《かきわり》を置き、小道具や衣装も整え、詩の朗読を行うのが詩劇だ。賢六王の逸話をもとにした詩など、よく日記の片隅《かたすみ》に書きつけたものだ。

幼い頃の暮らしは、逸話と物語によって、豊かで刺激に満ちたものだった。

すべてが変わったのは、十三歳になる冬のことだ。

国試首席の烏宗玄《うそうげん》という男が中央で力を持ち、同郷で同門の父を招聘《しょうへい》した。時に二十一年の治世を保った柊帝《しゅうてい》が世を去り、病弱との噂《うわさ》がある十七歳の照帝《しょうてい》が立ったばかり。国政を司《つかさど》る天祥城《てんしょうじょう》においては、六省九部の重臣の勢力を二分する東潔《とうけつ》派と西清《さいせい》派の対立が深刻になっていた。名のとおり東方出身の張《ちょう》氏と、西方出身の関《かん》氏とが、それぞれ派閥《はばつ》の筆頭である。

ここに北方出身の烏宗玄が、東と西の対立から自由な玄冬《げんとう》派を興《おこ》した。東派は己を潔と言い張り、西派が己を清と言い張るのに対抗した形だ。

父は郷州刺史《しし》の座を長男に譲り、烏宗玄の招きに応じて中央に出る決意をした。

「白瓊。都での暮らしは、今とは違う。母上の教えにすべて従え。そうすれば、お前は夫に愛される、幸せな妻になれるだろう」

蒼国の政治と文化の中心である曜都《ようと》で生まれ育った母が言うには、慎《つつし》み深さはあらゆるすべてに勝る美徳らしい。慎み深い娘というものは、

――はい。

――左様でございますね。

――もったいないお言葉でございます。

この三つの言葉しか、発してはならぬのだという。

「夫に愛されるのは、慎み深い女です。慎み深い女は、余計な言葉を口にしません。すべて受け入れるのです。夫に愛されない女ほど不幸なものはありませんよ」

信じられない。まったくもって、意味がわからない。

「私は、人です」

白瓊が訴えると、母親は「それは、夫の前で決して言ってはいけない言葉です」と窘《たしな》めた。文字は読めぬふりをし、教養はないふりをし、お産では声を発さず、患《わずら》っても気取らせず、静かに死んでいくのが慎ましさらしい。恐ろしい話だ。

曜都に着くなり、厳しい教育が課せられた。外出は許されず、宴《うたげ》の席にも出られない。詩作も止められ、本も取り上げられた。口を開かず、常に微笑《ほほえ》みをたたえ、楚々《そそ》と歩く。食事は三口以内に、厠《かわや》へ立つのは最低限。

自分の人生は、自分のものではない、と悟らざるを得なかった。

馬車をひく馬は、自身で望んで働いてはいない。それは馬が人に飼われているからだ。日々の餌《えさ》を得、風雨をしのぐ家を得、代わりに人に与えられた役目を果たす。

夫にとって、妻は、女の姿と機能が備わっていることが重要なのだ。血筋がよければ価値がある。慎ましければ、美しければ、さらに価値がある。最大限に役に立ち、手間をかけさせず、従順なまま死んでいけば、愛される。幸せとは、そういうものらしい。

自身の価値を上げるための日々は、鬱々《うつうつ》と過ぎていった。

三年ほどが過ぎた、ある日のことだ。

「白瓊。そなたは皇后《こうごう》として照帝に迎えられることになった。――行ってくれるな？」

突然のことに、白瓊は仰天した。

あとで仲のよい次兄に聞いたところ、皇后候補選びにおいても東潔派と西清派がぶつかり、ついには人死にまで出たらしい。そこで両派と遠い玄冬派から、候補が選ばれることになったそうだ。初耳だったが、話自体は二年前から進んでいたという。

なんにせよ、白瓊に許されていた返答は一つしかない。

「もったいないお言葉でございます、父上」

父は「なんと謙虚な……お前にならば、任せられる」と感動していた。

断れるものなら断りたいが、人を乗せない馬の末路は知っている。肉にされるだけだ。

かくして、十六歳になったばかりの冬の終わりに、白瓊は入宮した。

輿《こし》に乗り、天子の居城たる広大な天祥城に入った時、紅《あか》い花嫁装束の面布の向こうにちらちらと雪が見えていた。曜都では珍しい。雪の降る日に生まれた自分にとっては縁起がいいようで、嬉《うれ》しかった。

ひどく緊張していて、婚儀のことはあまり覚えていない。

天祥城の北側にある、皇帝とその家族が住まう後宮に入り、くすんだ赤の塀に囲まれた道を進んだ。細い屋根のついた道の向こうにある、三面に位牌《いはい》と蠟燭《ろうそく》が並ぶ廟《びょう》に入って、むせかえるような線香のにおいに耐えた。慎ましい女は咳《せき》を殺し、やむを得ずする時は密やかであるべきだ。

横にいる金袍《きんぽう》の人が、冕冠《べんかん》を被っているので照帝なのだろう。顔は見えないが、背の高い人だった。並んで線香を上げた灰受けの壺《つぼ》が、巨大だったのだけはよく覚えている。

先祖への挨拶《あいさつ》が終わったあと、蓮繍殿《れんしゅうでん》という代々の皇后が住まう殿に案内された。格調高い、重厚な雰囲気の、想像していたより大きな建物だった。この建物に相応《ふさわ》しい存在にならねば、と気を引き締める。

言われるまま、真っ赤な花嫁装束のまま客間を通って寝室に入った。立派な牀《しょう》に座って、夫を待つことになった――が、来ない。

慎ましく待ったが、一向に夫は来ない。

空が白む頃、被りものをしたまま横になったせいで首を寝違えてしまった。

（これ、どういうこと……？）

咳を殺し切れなかったせいだろうか。面布越しにもわかるほど醜《みにく》かったのだろうか。

照帝は来なかったが、破談になったわけでもないらしい。朝になると、灰色の女官たちは白瓊を「皇后陛下」あるいは「奥様」と呼んだ。皇后には、なったらしい。

三日して、柴太后《さいたいこう》の住まいである螺鈿殿《らでんでん》へと挨拶に行った。

螺鈿殿は、名のとおり柱に螺鈿細工が施《ほどこ》された豪奢《ごうしゃ》な建物だ。聞いた話では、三つの殿を吸収したそうで、やけに大きい。

柴太后は、眩《まばゆ》いばかりの刺繍《ししゅう》が施された、鮮やかな緑の袍《ほう》を着ていた。

「あぁ、よかった！　来てくれて嬉しいわ！」

太后は、笑顔で白瓊を歓迎した。

柴太后は、照帝の実母ではない。照帝の生母はすでに没しており、先帝である柊帝の皇后も夫より一年先んじて亡くなっている。柴太后は、皇后づきの侍女《じじょ》だった人だ。皇后の死の直前に柊帝によって見初《みそ》められ、柊帝が没する三日前に皇后の座へ登ったそうだ。

三十歳の若き太后は、美しいものを好む人であった。仕える宦官《かんがん》は、皆、若く見目麗《みめうるわ》しい。調度品は色彩豊か。なにより、本人が美しい。ほっそりとした頤《おとがい》に、こぼれんばかりの大きな目。丸く整えた眉は、どこか艶《なま》めかしかった。

「姚白瓊でございます。よろしくお導きくださいませ」

「表のことは任せるわね。よろしく」

直後から、書類の束を抱えた宦官と女官が、列をなして殿に来るようになった。

後宮内の人員配置から、十五の蔵の管理に、殿ごとに支払われる月々の化粧料の承認。毎日の食事、酒、茶、菓子の指示。細々とした行事の準備。廟の維持や、祭祀《さいし》費の管理。その後立て続けに迎えられた、妃らの婚儀の仕度。

果てしない雑務は、しかし苦にならなかった。

（役に立たなければ、肉にされるだけだわ）

その内、朝議の報告まで届くようになった。

朝議は、早朝に行われる重臣会議だ。六省九部を代表する東潔派二十名、西清派十九名、玄冬派三名、その他、皇族五名で構成されている。決議された法案に玉璽《ぎょくじ》を捺《お》すのは、本来は皇帝の仕事である。

その皇帝がなにをしているかと言えば、後宮の北側に造らせた蓬山第《ほうさんだい》という豪華な建物にこもっているそうだ。昼に起き、葡萄酒《ぶどう》を飲み、夜中まで美女たちと戯《たわむ》れているらしい。外出は、曜都内の色街に繰り出す時だけだという。――病弱という噂は、嘘《うそ》だったのだ。

白瓊は婚儀の日以来、一度も照帝を見ていない。

後宮の区画ごとに巡らされた、くすんだ紅の塀の向こうにある蓬山第に近づくのも恐ろしかった。恐れていたのは、建物ではない。照帝に関する噂だ。苦い薬を出した薬師《くすし》を殺したの、茸《きのこ》を料理に入れた料理人を殺したの、葡萄酒を切らした宦官を殺したの、容色の衰《おとろ》えた女を殺したの。おぞましいほどに、惨《むご》い殺し方をしたとも聞く。さすがに事実とは思わないが、癇《かん》の強い人ではあるだろう。酒に酔って文字を読み間違い、無辜《むこ》の村を焼いたとの噂もあったが、やはりそれも大袈裟《おおげさ》な話だと思う。

ただ、照帝が政務を放棄しているのは事実で、聞けば、即位直後からその調子らしい。皇帝の玉璽によく似た、宮璽《きゅうじ》、というものが存在する。皇帝が乳児であった場合などに用いられる、後宮の意思を示す印璽だ。

これを、後宮内の責任者が代わりに押してきた。

前任の太妃は、柴太后からその役目を押しつけられて過労死したそうだ。その前任も、あとで聞いたところでは同じように死んだらしい。

かくして宮璽を傍《かたわ》らに置き、白瓊は朝議の内容の報告を毎日受けることになった。

最初こそ、言われるまま宮璽を捺していたが、次第にそれは改めた。書庫から様々な資料を運ばせて、過去の例を調べて吟味《ぎんみ》するようにした。書面で、各界の有識者に意見を求めることもある。場合によっては、地方に人を派遣して実情を調べた。

言われるままでは、とんでもないことになるからだ。

すべて派閥の対立が病巣であった。対立派閥の案に反対したい一心で、とんでもない案が朝議を通りかけてしまう。白瓊はそうした場合、宮璽を捺さずに差し戻した。すると、次回は常識的な範囲に修正されて上がってくる。ますます、白瓊の責任は重くなった。

白瓊は、空いた時間は政務の勉強を続けた。多忙は苦にならない。

そんな日々の中、何度か蓬山第に住む美女たちを見かけた。照帝が、色街から連れてきた妓女《ぎじょ》だそうだ。雨やら雲やらの名を持つ者ばかりなので、雲霞《うんか》の美女、と呼ばれている。

彼女たちは若く、肌の透ける薄絹をひらひらと靡《なび》かせ、ひそひそと声をひそめ、くすくすと笑っていた。まるで天女のように。

地味な紺《こん》の袍を着て、書類を抱えてあくせく働く自分がひどく惨《みじ》めに思えた。

蓬山第にいる宦官らは、紅袍《こうほう》の者と呼ばれていた。紅色の袍を着た彼らは、すれ違ってもろくに挨拶をしない。自《みずか》らを人ならぬ身と蔑《さげす》む彼らにさえ、初夜さえ行われなかった皇后は敬されぬらしい。

照帝は果実を好むそうだ。とりわけ、蟠桃《ばんとう》を。

各地で村の田畑を潰《つぶ》して桃の林を作らせ、大規模な温室に巨額の資金を投じたとも聞く。好物の蟠桃を、気に入った女に授けるのが、彼の戯れであるそうだ。

転じて、閨《ねや》に招くことを意味するようになったという。

美女たちは蟠桃の寵《ちょう》を競い、美しく着飾り、歌い、舞い、照帝の目を楽しませている。紅袍の者が、蟠桃の入った籠《かご》を運んでいるのを、何度か見かけたことがあった。

そうして――三年と九カ月。

蓮繍殿に蟠桃が届くことは、一度もなかった。

――その日は、突然やってきた。

蒼暦四七七年の、秋の終わりのことだ。

白瓊は、いつものように蓮繍殿の衣装部屋を潰して作った書斎にいた。二面が書棚になっており、資料がびっちりと詰まった飾り気のない仕事場である。

「姚皇后」

決議書からふっと目を上げ――とても驚いた。

そこに金の袍を着、冕冠を被り――どう見ても皇帝にしか見えない人がいたからだ。

腰を抜かすほど驚き、手に持っていた筆がころりと転がる。

（蟠桃は置かれてなかったのに？　いやだ、私ったら。もっとちゃんと化粧をしておけばよかった！）

もう桃の季節が過ぎたことなど、頭にはなかった。地味な紺の袍に、首飾りもなければ、簪《かんざし》もない。白瓊の顔は、カッと羞恥《しゅうち》のために赤くなった。

「そなたを、天祥城より追放する。一切のものに手をつけず、速やかに城を去れ」

その顔から、血の気が音を立てて引く。青天の霹靂《へきれき》だ。

まったく想像もしていなかった要求に、白瓊は伏せていた顔を上げていた。

こんな時にも、慎ましい女は言うのだろうか。――はい、皇上《おかみ》。と。

「え……？」

照帝は卓に近づき、宮璽に触れ「やはり、政治をほしいままにしていたのか」と呟《つぶや》いた。

「そなたの専横を、私は決して許さない。政《まつりごと》を壟断《ろうだん》し、私腹を肥《こ》やし、国を傾けんとしたのを知らぬと思うてか。この悪女め！　二度とこの曜都の土を踏めると思うな！　そなたに国を滅ぼさせはしない！――早く連れていけ！」

命を受けて、禁侍衛《きんじえい》の兵士がぞろぞろと入ってくる。

まったく、意味がわからない。

わからなすぎて、母の教えは頭からすべて吹き飛んでいた。

一度「お言葉ですが……」とこぼれたあとは、堰《せき》を切ったように言葉が溢《あふ》れて出た。

「お言葉ですが、あえてどちらかと言えば、国を滅ぼしそうなのは皇上の方ではございませんか？　昼まで眠って、起きたら起きたで酒を飲み、美女を侍《はべ》らせ贅沢三昧《ぜいたくざんまい》。政務どころか後宮から出もしない。出たかと思ったら色街で馬鹿《ばか》騒ぎ。この三年九カ月、予算の承認を誰がやってきたとお思いです？　私が派閥争いを上手《うま》いこと宥《なだ》めて法案をとりまとめるのに、どれだけ時間をかけたかご存じですか？　災害の度に、国軍を派遣し、炊《た》き出しを行い、復旧のために予算を配分し、数字のおかしなところがあれば指摘し、場合によっては調整し――そもそも、この国の災害を、どれだけ把握《はあく》されてます？　私が入宮してから大きな災害は八回です、皇上。復興の予算と、貴方《あなた》様が美女に送るという首飾りやら錦《にしき》の袍は同じ額でございますよ。面倒なことは一切、聞かず、触れず、ただただ遊び暮らしている皇上が、私におっしゃるの？　私腹を肥やし、政をほしいままにしていると？　どこに目と耳をつけておいでで？　私を悪女と罵《ののし》る前に、よほどご自身を恥じられたらよろしいわ！」

秋の虫の声を遠くに聞きながら、姚白瓊は、己の思いを吐き出したのであった。

第一話
千顧千秋を厭わず

「あらあら、寒いと思ったら、また雪でございますよ！」

侍女《じじょ》の茉莉《まつり》のしゃがれた声に、窓を閉める音が重なった。

この坤社院《こんしゃいん》には、洪恩院《こうおんいん》、と名がある。男性の道士《どうし》が入る社院を乾社院《けんしゃいん》といい、女性の入るそれを坤社院と呼ぶ。坤社院は国内に三つしかなく、貴人が入る規模の社院は、甫州《ほしゅう》の山奥にある洪恩院の他にない。

皇帝が崩御した場合、子のない妃嬪《ひひん》は世を捨てて道士となるのが慣例だ。他に、罪を犯した妃嬪が入ることもある。白瓊《はくけい》は後者という扱いだ。──不本意だが。

「このところ続くわね。きっと積もるわ」

さらり、と白瓊の目の端で、切りそろえた黒髪が揺れる。

祈禱《きとう》に使う祭文を書写する手を止め、閉められた窓の方を見た。

北部甫州の山中は、皇都と違い、雪も降れば夏も短い。

坤社院に入って、二カ月が経《た》った。白瓊は白い道服を着、髪を切りそろえ、道士らしい出で立ちで日々を送っている。

「白瓊様はなにをなさってもお上手でいらっしゃいますこと。祭文も、お手本と変わりませんわ。そういえば、お邸《やしき》で詩作をなさっていた頃も、達筆《ようひつ》ぶりに驚いたものです」

同じく道士姿の茉莉は、郷州《ごうしゅう》から曜都《ようと》に移った年から姚《よう》家に仕えはじめた侍女で、後宮ばかりか、坤社院までついてきた忠義者だ。今年三十八になった。文官の妻女であったが、第二夫人に追い出され露頭に迷いかけたところ、姚家の求人に救われたそうだ。しゃがれた声は、その頃嘆きすぎたせいだと言っていた。

とん、と最後の文字の点を書き、硯《すずり》の上に筆を置く。

「兄上と比べたら、誰だって達筆よ。……あぁ、そうだわ。せっかくこんなに時間があるんだもの、また詩作でもしようかしら」

洪恩院においては、待遇に俗世での位階が反映される。元皇后《こうごう》の白瓊のために、最も広く、眺めもいい、日当たりのよい部屋が用意された。調度品も品がよく、後宮のごとき華やかさはないが、十分に快適な住空間だ。こちらも馬鹿《ばか》ではない。坤社院への寄進の手配は済ませてある。死ぬまで快適な暮らしは続けられる見込みだ。

「なさいませ。こんな山奥には、母上様の目も届きませんもの。では、お茶の準備をして参りましょうか。身体《からだ》が冷えては、よい詩も出てきませんわ」

茉莉が、部屋を出ていく。

ふと思い立ち、火鉢に伸ばした手を引っ込め、窓辺に立った。

詩作には詩想を掻《か》き立てる風景が要る。閉ざされた戸を、ガタガタと音を立てながら開ければ、ひらり、とひとひら雪が舞い込んだ。

寒い。けれど心地いい。

（思い切り悲愴《ひそう》な詩でも、詠《よ》んでやりたい気分だわ）

遠景の白い山々を眺め、空を眺める。飛ぶ鳥もいない。

雪で足跡の絶えた様なども、いかにも悲愴だ。

(――あら?)

白い世界にぽつりと――それこそ悲愴に――色彩を見留める。

あれは笠を被った人だ。着物は青みのある暗い色で、門の外で膝《ひざ》をついて動かない。背が高く、男性のように見えた。

洪恩院は、男子禁制。三つある門のうち外門から中門までは州兵が守っているが、内門の中は世を捨てた女道士だけの世界である。

「まぁ、奥様ったら。身体を冷やさないようにと申し上げましたのに」

「奥様はよして。もう、自由の身よ」

戻ってきた茉莉の声を聞きながら、窓の戸を閉める。

「あら、本当ですね。つい、癖で。――さ、どうぞ」

「ありがとう。雪を見ていたら、身体が冷えたわ」

火鉢に手をかざしながら、ほぅ、と息を吐く。

出された茶杯を受け取って、一口飲めばゆっくりと腹が温《ぬく》もる。

「あぁ、そうでした、お嬢様。さっきおかしなことがございまして」

「嫌だ、茉莉ったら。奥様の次は、お嬢様?」

「あら、ついうっかり。——あのお堅い峰《ほう》道士が、冗談を言ったんです。今、照帝《しょうてい》陛下が洪恩院にいらしてるって」

　ふふ、と茉莉は笑ったが、白瓊が笑うまでにはやや時間が要った。

　驚き、困り顔になり、それから、やっと声を上げて笑う。

「ひどい冗談ね！　ちっとも面白くないわ」

　ひとしきり笑ったあと、二人はその冗談を忘れた。

　干杏《ほしあんず》と南瓜《かぼちゃ》の種をつまみながら、黒茶が冷める頃まで談笑する。茉莉とはつきあいが長い。盛り上がるのは、姚家の邸で見た詩劇の話や、後宮で不遇をかこつ妃たちが暇にあかせて作った物語や、奏でる楽の話だ。

　あの役者の朗読は最高だった。あの物語の結末が見られないのが悲しい。月を見ながら聴いた琴は素晴らしかった。そんな話をしていると、時間を忘れられた。

「詩を、兄上様に送られてはいかがです？　詩劇に使っていただけるかもしれません」

「それも面白いわね。雪の降る様を——」

　炒《い》り豆に伸ばそうとした手が、ふと止まる。

　鳥の絶えた空。一面の雪景色。足跡は消え、ただ笠が一つ。先ほどの映像が、頭に蘇《よみがえ》っていた。

　白瓊は、パッと立ち上がり、窓の戸を開けた。——まだ、いる。

茉莉も、窓から外をのぞいて「あら、人が」と声を上げた。

深々と雪は降り続いており――まだ、笠を被った男はそこにいる。

「お茶の前からいるわ」

「もしや、坤社院に入った身内を迎えに来た者では？　未練がましいこと。それならば、相手にされなくて当然でございます」

「こんな寒い中、世を捨てた人を待ち続けるなんて、よほど思いが深いのでしょうけれど……院長は、把握《はあく》しているのかしら。あのままでは、凍え死んでしまうわ」

白瓊が窓戸を閉めたのと、部屋の扉がコンコンと鳴るのは同時だった。

茉莉は、扉を開けに行く。

そこにいたのは、洪恩院の院長である。白瓊の母親ほどの年齢の道士だ。

いつも疲れた顔をしている人だが、今日はいつにも増して疲労の色が濃い。

「あの、姚道士。少々よろしいでしょうか？　照帝陛下を名乗るお方が、門のところにおいでになっておられまして……」

その一言で、峰道士が言った性質《たち》の悪い冗談と、雪の中にたたずむ男が一致した。

まさか、と思い、口にも出す。

「まさか。皇上《おかみ》ではありません。安心して州兵に追い出してもらってください」

「それが玉璽《ぎょくじ》……らしきものを持っておられるのです」

「……玉璽？」

玉璽を知らないわけではない。天子の証《あかし》たる印璽だ。

白瓊が毎日使っていたのは玉璽代わりの宮璽《きゅうじ》だが、玉璽を模したものなので、形状の想像はつく。玉璽を持つ者は天子以外にいないが、天祥城《てんしょうじょう》から追放した張本人が、迎えに来るはずもない。

「真贋《しんがん》の区別は、我々にはつきませぬ」

院長がここに来た理由を、白瓊は理解した。

玉璽か、否《いな》か。照帝本人か、否か。たしかに、この場でどちらも判別が可能な者といえば、白瓊しかいないのだろう。

（竜顔《りゅうがん》を拝したのは一度きりなのだけれど……そんなこと、言えないわ）

自分の不遇は、恥でしかない。夫に愛されなかった妻ほど不幸なものはないからだ。

なんにせよ、皇帝を名乗る男は偽者だ。それだけは間違いない。偽者に、偽者だと言うだけであれば、自分にもできるだろう。

「わかりました。……行きましょう」

茉莉が持ってきた上着を羽織り、白瓊は部屋を出た。茉莉も後ろに続く。

洪恩院は広く、門の続く前庭へ出るまでに五つもの階段と、三つの建物を経由せねばならない。その間、白瓊の頭の中は真っ白だった。

(どの道、古傷が抉《えぐ》られるじゃない。世を捨てた甲斐《かい》がないわ!)

前庭に続く、古めかしく重い扉が開く。

雪は小降りになっていたが、すでに一面の雪景色だ。

内門は開いており、その向こうに、窓から見たままの姿の男がいる。笠の上にも着物の上にも雪が積もり、半ば白い。

男の後ろには、州兵がいる——いや、違う。あれは、宮廷にいる禁侍衛《きんじえい》だ。

「…………」

急激に、嫌な予感がしてきた。

笠の男の後ろに、印璽の載った盆を持つ宦官《かんがん》がいる。——この距離ではわからないが、竜が九体、天に駆ける様が彫られているようだ。

一歩、一歩、近づけば、笠の男の姿が、次第にはっきりと見えてくる。

(嘘《うそ》よね。嘘よ。……誰か、嘘だと言って!)

曜都から、この坤社院までは馬車で十日以上かかる。

あの酒浸りで、色好みな、政務さえ行わない、蓬山第《ほうさんだい》にこもる照帝が、自分に会うために、こんな山奥までやってきたとは到底信じられない。ここは色街ではないのだ。

(もしかして、私、殺されるの⁉)

開いた門の手前で、足が竦《すく》む。

わざわざ照帝が来たのは、自分に毒を賜《たまわ》るためなのだろうか――と思うと、恐怖で身が凍った。怖い。恐ろしい。毒で死ぬなど、考えただけで気が遠くなる。

笠を男が外した時、嫌な予感は最高潮に達した。

顔は――残念なことに、あの一度見たきりの皇帝の顔をしている。通った鼻筋と、やや高い頬骨《ほおぼね》。冷たい切れ長の三白眼。

男は、手を軽く上げた。

（……ッ！）

びくっと身体を竦めたが、合図で動いたのは、玉璽の載った盆を持つ宦官と禁侍衛だ。去り際、背を丸めた宦官が、手振りで門の内側にも人払いをするよう合図してきた。

堂々と振る舞うのが、精一杯の抵抗だ。白瓊は、青ざめてオロオロする茉莉に「下がっていて」と伝えた。

かすかな音だけを立て、茉莉を含めた道士たちが去っていく。

ちらちらと雪の降る中、白瓊は門に近づいた。

「姚皇后」

照帝が、白瓊を呼ぶ。

彼に名を呼ばれるのは、二度目である。

「はい。……皇上」

雪に溶け入りそうな声で、白瓊は返事をした。

立ってほしい、と頼もうにも語彙《ごい》がなく、こちらも雪の積もった凍える地面に膝をつく他なくなった。

「戻ってきてくれないか。――天祥城に」

感情の読めない顔で、まったく想定外の発言を、照帝はした。

「……恐れ多いことでございます」

「追放は、私の過《あやま》ちだった。もう一度、貴女《あなた》を皇后として迎えたい」

「過分なお言葉、恐れ入ります」

「戻ってきてくれるか？」

白瓊は、微笑《ほほえ》みを湛《たた》えつつも困惑している。一向に意味がわからなかったからだ。

（いよいよ、血まで酒になってしまったのかしら）

北では、酒で理性を失うことをそのように表現する。あれだけ酒浸りの日々を送れば、若いとはいえ、判断力が鈍っていたとしても不思議はない。

「恐れ多いことでございます」

「戻ってきてくれ。貴女がいなければ、国が滅ぶ」

持ち得る語彙では答えられず、白瓊は諦《あきら》めた。

ここでもったいぶるのは、かえって不敬というものだろう。

「――謹《つつし》んで、お断りいたします」

「…………」

皇帝が、息を呑《の》んだ。驚くからには、すぐ戻ってくるとでも思っていたのだろうか。

(冗談じゃない。その手に乗るものですか！)

白瓊は、決して愚《おろ》かではない。

人一人に助けを求める国など、沈む舟なのだ。

国は、傾いている。それは事実と言っていい。派閥《はばつ》の対立は、地方の汚職と政治の停滞を招いている。利権だけを求めて行われる人事で育つのは、汚職の温床《おんしょう》ばかり。人の育たぬ地方政治は衰退し、国防の質は低下の一途だ。

戻れ、と言われて、はい、と答えるのは愚かに過ぎるだろう。

滅びる国の最後の皇后など、それこそ悪女として歴史に名を刻むだけだ。

「この坤社院で、御代の長久なることをお祈り申し上げます」

白瓊は頭を下げたまま立ち上がり、くるりと背を向けた。早く火鉢にあたりたい。

「待ってくれ！　この国には、貴女が必要だ！」

照帝の声は、必死だった。

あれは、禍《わざわい》だ。元夫の姿をした、呪いだ。

「もったいないお言葉でございます！」

「話を……せめて話を聞いてくれ！」

走り出す白瓊の背を、照帝の声が追いかける。

なんとしつこい男だろう。ぴたりと足を止め、白瓊は後ろを振り返った。

地に膝をつく姿に、天子たる者の威厳は感じられない。

――蟠桃《ばんとう》が、欲しかった。

女の幸せは、夫に愛されること。そう教えられて育った。

夫の役に立てば、無視されずに済むかもしれない。一縷《いちる》の望みにすがった日々のなんと虚《むな》しかったことか。毎夕――冬にさえ――蟠桃は届いていないかと、扉の外を確認する日々のなんと切なかったことか。

化粧は薄くしかせずとも、毎日肌を磨き、時折は髪型の結い方を工夫し、空いた時間に琴を習った。

その挙句が、悪女呼ばわりされての追放だ。

髪を落として俗世を捨てたからといって、虚しさから解放されることはない。

「ひと度去りし舞台に、舞い戻るべきにあらず。嵐の孤舟《こしゅう》なればなおさら」

十三国時代の央《おう》国で宰相《さいしょう》の地位にあった賢者が、先王の死を機に隠者となっていた。新王から熱心に乞われて職に復すも、乱れた国の派閥争いに巻き込まれ、斬刑《ざんけい》に処される。央国はほどなくして滅亡した。史書は、その宰相を、愚なれど義なりと評価している。

精一杯の抵抗だった。返事は期待していなかったが、背を向けようとしたところ――

「賢者を求むに、千顧《せんこ》千秋《せんしゅう》を厭《いと》わず。――どうか、戻ってきてくれ」

それは、政務を放り出し、酒を飲み、女を侍《はべ》らせていた男とは思えない返しだ。寧《ねい》国の賢王が、竹林に隠棲《いんせい》する賢者を迎える時に発した言葉である。

ほんの少しだけ、白瓊は照帝の話を聞く気になった。

血まで酒になったわけではないのかもしれない。

「……話だけなら、うかがいましょう」

静かに、白瓊は元夫の頼みを受け入れた。

――とはいえ、こちらは道士だ。元夫だろうと、男子禁制の坤社院の内に招くわけにはいかない。

そこで、青ざめた顔の院長が一計を案じた。照帝が宿泊しているという邸宅に、白瓊が祈禱に赴《おもむ》くことにしたのだ。

悪夢のような一夜が明け、白瓊は馬車で坤社院を出た。

定められたとおり、道服を着、籐冠《とうかん》を被っている。横にいる茉莉も、同じ格好だ。

「白瓊様、着いたようです」

それまで黙り込んでいた茉莉が言うのと、馬車が止まるのはほぼ同時だった。

麓《ふもと》の邸は、禁侍衛によって物々しく守られていた。

郷州の姚家の邸を思い出すほど広い。古めかしい門をくぐって、腰の曲がった老女の先導で、長い廊下を進む。壺《つぼ》や皿が飾られていたが、眺める余裕はない。

角を曲がり、庭に面した大きな広間に入る。

野趣の勝った庭が、どっしりとした広間の柱に縁どられ、独特な雰囲気を醸《かも》していた。

広間の真ん中に置かれた大きな卓には、照帝が座っている。

照帝には、浮世離れした印象がある。どこか仙人めいて見えるのは、今日の彼の装いが、上から下まで白いせいかもしれない。あるいは、端整な容姿のせいか。

「足労をかけたな、姚皇后」

暗君らしからぬ挨拶《あいさつ》を照帝がしたので、こちらも、

「もったいないお言葉でございます、皇上」

と返した。

白瓊は、勧められた朱色の陶器の椅子《いす》に腰を下ろす。

茶が運ばれてきた。運んできた宦官は、紅袍《こうほう》ではなく、通常の黒衣の制服姿だ。こちらに対し、傲慢《ごうまん》な態度は見せていない。背を屈めてうつむいた、宦官らしい態度の宦官であった。

心地よい香りが、辺りに漂う。皇帝が、茶を好むとは聞いたことがなかったので、意外

に思った。

宦官が茉莉に外へ出るよううながし、広間には、照帝と白瓊だけになる。

照帝が茶を勧めてきたが、手をつける気にはならない。

「私には、夢を――見る、力がある」

照帝がそう言った途端、白瓊の顔から、あらゆる表情が消えた。

「……左様でございますか」

「本当だ。夢で未来を見る力がある。それで、貴女のことを知ったのだ。貴女が……その、国を乱す様を見た。だから――」

白瓊の涼やかな目は、次第に大きく見開かれる。

（意味がわからないわ。まったく！）

夢を理由に皇后を廃すなど、古代の愚王にも例はない。

「左様でございましたか」

暗君の逸話は、書物で読むに限る。

白瓊は、にこりと笑んでから、そっと立ち上がった。

「待ってくれ。話を聞いてほしい」

「私ごときにもったいないお言葉でございます、皇上。そろそろ、祈禱の時間ですので、洪恩院に戻らせていただきます」

ぺこり、と頭を下げ、部屋を出た。

広い廊下を、早足で進む。一刻も早く、あの暗君から逃れたい。

廊下の途中で待っていた茉莉が、サッと横に並ぶ。

「な、なにをお話しされたのでございますか？」

「なにって……なにかしら。寝言みたいなことよ」

ぷっと茉莉が噴き出した。

「まぁ、奥様、寝言だなんて！」

「本当に、寝言みたいだったの」

冗談ではないとわかったからか、茉莉は口を押さえて眉を寄せた。

初夜にさえ来なかった夫。それきり一度も姿を見せなかった夫。白瓊を打ち捨てた上で突然放逐《ほうちく》した夫。そして、夢のせいだと意味のわからない言い訳をする夫。

あんな夫に愛されなかったがために、白瓊は嫁いだ日から今日までずっと、不幸だった。

やり切れない。あまりに虚しい。

広い邸を足早に出て、慌《あわ》ただしく馬車へと乗り込む。

「待ってくれ！」

声が、外から聞こえていた。照帝の声だ。しかし、聞こえなかったふりをした。

道士の御者に「早く出して！」と叫ぶように命じる。

馬車は動き出したが「と、止めなくてよろしいですか?」と御者の悲鳴のような声が聞こえてくる。

すぐに御者は音《ね》を上げ、あっさりと馬車は止まった。なんと馬鹿馬鹿しい状況だろう。

白瓊は目に涙をためながら、馬車から降りる。

馬車が止まったのは、橋を渡り切ってすぐの場所で、橋の真ん中辺りには、白い照帝の姿が見えた。肩で息をしている。顔色もひどく悪い。

白瓊は、拳《こぶし》を握りしめ、渾身《こんしん》の力で抗議した。

「いい加減になさってください! 他になさることがあるでしょう? 貴方《あなた》様は天より中《ちゆう》原《げん》をしろしめせとの命を受けた、天子様でございましょうに!」

「話を聞いてくれ! このとおりだ、頼む!」

照帝が、また膝をつこうとするのを慌てて止める。

なにがなにやらわからない。やむを得ず、先ほどの邸に戻ることになった。この頑固な人はどうやったら諦めて帰ってくれるのか。白瓊は途方に暮れている。

(千顧千秋を惜しまず、なんて特大の迷惑だわ! 一顧一瞬で十分よ!)

先ほどと同じ広間の、同じ席に就くと、今度は料理が運ばれてきた。大きな卓は、宦官たちの運んでくる皿で埋まる。

鴨《かも》の甘露煮に、鶏《とり》の翡翠《ひすい》蒸し。豚の塩釜《しおがま》焼きに、鮑《あわび》の羹《あつもの》。豪華なものばかりだ。

「貴女のために用意させた。どうか、ゆっくり楽しんでくれ」

料理の種類が、後宮のそれとは違っている。

恐らく、料理人は天祥城から連れてきたのではなく、現地で調達したのだろう。

頭の痛くなる浪費だ。瓶子《へいし》に入った酒も、卓の端に次々と並んでいく。浪費は浪費として問題だが、それが自分のために行われたということが、信じがたい。

(まるで別人みたいだわ。変よ)

婚儀の時に、ちらりと見かけたきりの皇帝。

ある日突然、追放を宣言した皇帝。

ある日突然、迎えに来た皇帝。

三人の皇帝の姿は、まったく重ならない。

(いっそ気味が悪い)

なにより疎《うと》ましいのは、訝《いぶか》しみながらも、どこかで彼の手に蟠桃があるのではと――雪の降る季節ながら――期待している自分だ。

「遠慮は要らぬ。酒はどうだ?」

慎《つつ》ましい女は、酒を自《みずか》ら求めてはいけない。

しかし、勧められた場合、断るのはかえって不敬だ。白瓊は宦官に李《すもも》の酒を頼む。

丸い瓶子が運ばれてきて、とくとくと杯に李の酒が注がれた。

照帝も、自分の分の酒も宦官に頼む。すらりと背の高い瓶子が運ばれてくる。

（おかしいわ）

照帝の姿を見ておらずとも、書類の上の情報には多く触れ続けてきた。

豚肉は好まない。食べるのは牛、雉《きじ》、の肉。他は、鮑、鱶鰭《ふかひれ》。茸《きのこ》の類《たぐい》を並べた料理人は全身を切り刻まれた――という噂《うわさ》だ。

酒は、西域《さいいき》産の葡萄《ぶどう》酒が主で、酒器も硝子《ガラス》製でなければならない。陶器の瓶子を供した給仕の宦官は、砕いた陶器を口に詰め込まれたとか。噂に過ぎないとはいえ、嫌いなものをきっぱり拒絶する人なのだろうと思っていた。だが――この皇帝は、豚肉を食べ、茸を食べている。しかも、飲んでいるのは陶器の瓶子で、瓶子の形から判断すれば中身は米の酒だ。葡萄酒以外では、麦の酒しか飲まないはずの人なのに。

（別人みたい……いえ、違う。別人そのもの――あぁ、そういうこと）

突然、腑《ふ》に落ちた。

天子の別人、といえば影武者くらいしか考えられない。

（おかしいと思ったのよ。私ごときのために、皇上が遥々《はるばる》と甫州まで来るなんて！）

自分の価値に、照帝が気づいてくれたのかと――入宮してから今日までの扱いを省《かえり》みてくれたのかと――わずかでも期待をした自分の愚かさを、笑うしかない。

「――そなた、何者です？」

豚肉一切れ、羹一匙《さじ》。李酒半杯を腹におさめた白瓊は、箸《はし》を置いた。

「……なに？」

「かつて皇后であった私を謀《たばか》ろうなど、不遜《ふそん》が過ぎましょう」

像のごとく固まっていた宦官たちが、動揺している。

皇帝──かどうかはわからないが──は、手振りで宦官たちをすべて下がらせようとした。そこに白瓊は「料理もすべて下げて」と重ねて命じた。

合図一つで多くの宦官が現れ、皿を手早く片づけていく。あっという間に、卓の上は綺《き》麗《れい》になった。

再び、広間には二人きりになる。

「……どうして気づいた？」

その声の重さは、白瓊の推測の正しさを裏づけている。

やはり──この男は、照帝ではない。

「名は？」

「……子照《ししょう》」

「それは天子様の字《あざな》よ」

「明かせない。区別のために名が必要なら、子照と呼んでくれ」

照帝の字を、白瓊が呼ぶことは一生ない。区別は可能だ。いったん、そこで納得することにした。

「では、子照。今すぐ帰ってちょうだい。……私にも心というものがあるの」

白瓊の手は、道服の上で、爪が皮膚《ひふ》に食い込むほど握りしめられている。

強い怒りが、正気を失いそうな状況から白瓊を守っていた。

「姚皇后は、国を滅ぼした悪女――と言われていた」

「よして。また夢の話？」

はぁ、と大きくため息をつき、白瓊は眉間《みけん》のシワを深くした。

彼が天子でないのなら、茶番につきあう義理はない。

「姚一族の専横は、国を大きく衰《おとろ》えさせた。巨大で豪奢《ごうしゃ》な離宮を建て、かつてない重税と残忍な悪法で世に怨嗟《えんさ》が満ちた。地方まで汚職は横行。姚皇后は、若く美しい寵姫《ちょうき》を妬《ねた》み、懐妊《かいにん》を知ると腹の子ごと惨殺《ざんさつ》した。寵姫は、張《ちょう》家の娘だった。その死を機に起きた張一族の反乱は国を大きく傾け、異民族の侵入を許したがために、領土を半分奪われた国は衰退の一途をたどる。だから――貴女を廃せば、国を救えると思った」

どこからなにを言っていいやらわからない。白瓊は頭を抱えた。

「待って、違うわ。そもそも、派閥争いがこれ以上ひどくならないように、張氏の東潔《とうけつ》派と、関《かん》氏の西清《さいせい》派以外から皇后を冊立《さくりつ》することになって、私が選ばれたのよ。張氏の娘が入宮するわけがないのよ。実際、今の後宮に張氏なんていないもの。それに、両派あわせて議員は三十九人。父が属する玄冬派《げんとう》は三人。専横なんてあり得ない。不可能よ」

「貴女を廃せばいい――と……それで、すべて解決すると思っていたのだ」

子照は、先ほどと同じ言葉を繰り返した。呆《あき》れた単純さだ。

「目的は達成できたわけね。おめでとう」

「それが誤《あやま》りだとわかったので、こうして頭を下げにきた次第だ。――すまない。どうか力を貸してくれ」

子照は頭を深々と下げたが、心に響くものはない。

「お断りよ。どうしてもというなら、皇上本人を連れてきて」

「無理だ」

「でしょうね。では、この話はここまでよ」

「この身体は、皇帝――照帝本人のものだ。ある意味で、貴女の要求はすでに通っている」

意味がわからない。だが、わからないなりに理解すれば、目の前にいる男が皇帝本人ということになる。――中身は別だ、と言っているようにしか聞こえないが。

「……どういうこと?」

「私は、この国を守るために、三十年後の世から来た。夢と言ったのは方便だ。私がこの身体に入った時に、照帝の命は尽きている」

今日一番の、あるいは人生最大級の、笑えない冗談だ。

笑い飛ばしてやろうと思ったが、口角が片方上がっただけで終わった。それさえ、すぐに下がる。全身から、血の気が音を立てて引いていった。

「で、でも、崩御されたなんて、聞いてない……」

「照帝の身体は、ここにある。死んだことには誰も気づいていない」

「嘘……でしょう？」

皇帝は死に、しかしそれを誰一人知らない。そんなことがあり得るのだろうか。冗談のような話だが、真実だとすれば、これほど恐ろしいことはない。

「貴女が皇上と呼ぶとすれば、私の外側だ。別の誰かは存在しない」

白瓊は椅子に、どさりと腰を下ろしていた。

「もう……皇上はいらっしゃらないの？」

子照は「あぁ」と簡単に答えた。

白瓊は、頭を抱える。

目の前にいるのは、夫ではない、夫の姿をした人――らしい。

「照帝は、明君だ」

さらに追い打ちをかけられ、もうなにもわからなくなった。お手上げだ。

今度こそ、正気を失いそうになる。白瓊は耐え切れず、ちりん、と手元の鈴を鳴らし「お酒を持ってきて」と宦官に頼んでいた。勧められてもいない酒を頼むなど、慎ましい女にあるまじき行いだ。母が見たら、卒倒していたかもしれない。

すぐに、丸い瓶子が運ばれてきた。

宦官が去るのを見届けてから、白瓊は手酌《てじゃく》で酒を注ぎ、くい、と半刻かけて飲むべき杯をすぐに空けた。三度繰り返すと、かすかな酔いが心を軽くする。

「それ、どこの世界の話？　朝議にも出席せず、一日中酒を飲み、美女を侍らせていた皇帝が明君なら、そこいらの鹿だって明君になれるわ」

「辛辣《しんらつ》だな。……照帝は病弱で、朝議に出るのは稀《まれ》だったが、政治には積極的だった」

「なにを言っているのか、よくわからないわ」

耐え切れず、白瓊はまた酒を呷《あお》った。酒でも飲まねばやってられない。

「豫州《よしゅう》の災害で多くの人を救い、南部の飢饉《ききん》では州城の蔵を開かせた。多くの有識者に忌《き》憚《たん》ない意見を聞き、政治に生かしたが――蒼《そう》暦四八〇年に、志《こころざし》半ばで倒れる。彼が長生きさえしていれば、その後の姚家の専横も起きず、国は傾かなかっただろう」

「言いにくいけど、その対策は私が――私が、皇上の名で行ったことよ」

やけに具体的に例が出たお陰《かげ》で、からくりは見えた。

酒浸りの男が明君と呼ばれたのは、その間、白瓊が代理で決定した事柄が理由になっているらしい。宮璽と玉璽はそうと疑わなければ、差がわからないようにできているので、起こるべくして起こった誤解ではある。

「そうか……やはり、そういうことか……」

「皇上が亡くなるのは、二年後ということね。長生きしたって、その分葡萄酒の消費量が増えるくらいよ。色街の妓女《ぎじょ》の数も少なくなるかもしれないけれど。なんにせよ国政に蟻《あり》ほどの影響もないわ」

「なんとも辛辣だな。とにかく、悪女を廃せば目的は達せられる――はずが、予想となにもかもが違った。なにもかもだ。命を捨ててまで、時を遡《さかのぼ》ったというのに……」

「命を捨てって……まさか、貴方も死んでいるの？」

「あぁ。特殊な毒を呷って死に、別の世の過去――この場に来た」

命を捨ててまで取った手段が、白瓊を廃后にすること――だったらしい。

事が、あまりに重大すぎる。馬鹿馬鹿しい、とは言えなかった。

「……なにが目的なの？」

「国を救いたい。そのために、私はここにいる」

「国を救うためとはいえ、皇帝を殺すなんて……許されるの？」

「蒼国と、私の一族の建国以前からの契約だ。詳しくは言えないが、蒼国は承知している」

依然、わけはわからない。だが、彼の中で筋は通っているらしい。

蒼国は皇帝を殺してでも、なんらかの手段で国を救う道を選んできた――ということになる。手段は、滅亡なり衰退なりの理由が判明した時点で、過去に戻り、未来を変えることのようだ。

（さすがに無茶な話じゃない？　実際、大失敗してるんだし）

作戦は、完全に不発だ。前提がそもそも間違っているせいで。

「もうちょっと、役に立つ人の中には入れなかったの？　いえ、殺して乗っ取ってもいいとは言わないけれど、それこそ、張家の誰かの中に入って内乱を防ぐとか……」

「二つの世を跨《また》いで、過去に遡行《そこう》することを越世《えっせい》遡行と呼んでいる。遡行の器《うつわ》になれるのは、蒼国の皇族だけだ」

越世遡行。聞きなれない言葉に、眉が険しく寄る。器、というのは、皇帝の肉体を指しているらしいが、生々しい表現だ。

「それだって、弟君の炯親王《けいしんのう》――あぁ、あまり変わらないわね」

照帝には、炯親王という同母弟がいる。

ただ、彼は彼で放蕩《ほうとう》者として有名だ。朝議にも出ず、兄と連れ立って、色街に繰り出していたという噂もある。彼に国が救えるとは思えなかった。

「遡行の器は、年齢や、肉体的な条件で選ばれる。私の場合は、今の照帝と同じ年齢だったので、入ることができたのだろう。だが……この身体には、鹿ほどの頭もなかった。いや、鹿の方がまだ賢い」

「辛辣ね」

照帝を庇《かば》う気にはなれなかった。役に立つ立たぬの話をするならば、そこいらの岩の方がよほど役に立ったろう。

「誰もが、私を恐れて会話もままならない」

「……機嫌を損ねると首を刎《は》ねられる、と噂が立っていたのよ」

「朝議に出ようとすると、あの手この手で止められる」

「酔ったまま政務をされては困るの。村の名を読み間違ったとかで、無辜《むこ》の村が焼かれたという噂もあったわ」

「皇帝に届けられる書類は、過去のものばかりだ」

「本物を渡しても、読まれないし、葡萄酒で汚してしまうの。……正式な書類は、書庫に収めるのだけれど、汚すと黴《かび》が生えて保管がきかなくなるから困るのよ。それに、気分で意味のわからない決定をされても困るから。……だから、皇帝が幼児だった場合に使われる代政制度が使われていたわ。私が入宮する前は、他の太妃様が担当されていたそうよ。貴方も見たでしょう？　玉璽ではない、宮璽というものがあるの」

「宮璽のことを知ったのは、最近のことだ。……すまなかった。現状、私は無力だ」

子照は酒杯を手に持ち、しかしすぐ卓に戻した。

姿のいい人だ。背は高く、顔立ちも整っている。鼻筋が通り、目元も涼やかで、知的な印象がある。とてもではないが、酒浸りだった暴君には見えない。

風にあたりたい、と子照が言うので、白瓊は庭に向かう彼のあとを着いていった。慎ましい女は、男性より先を歩いてはならない。

途中、子照が大きな柱に向かっていくのにぎょっとした。

ぶつかるつもりはないようで、手で触れてから、柱を避けて進んでいく。

庭に続く階段は、手すりをしっかりと握って下りていた。

(もしかして、目が悪いのかしら)

視力の衰えた晩年の祖母の様子を思い出し、白瓊は子照より先に階段を下り、手を差し出した。慎ましくしている場合ではないだろう。

「あぁ、ありがとう」

「つかまって構わないわ」

最初は遠慮がちだったが、つかんだ腕を頼りにしだしたのが重さでわかる。

──白瓊はいい子ね。優しい子ね。きっと、いいお嫁さんになるわ。

思い出すことも少なくなった祖母の声が、頭に蘇る。

祖母が生きていたら、今の状況になんと言っただろうか。

(変ね。夫が亡くなったかもしれないのに、悲しいのかどうかさえわからないなんて)

妻として、皇后として、相応《ふさわ》しくあろうと思っていたのだから、悲しむべきなような気がする。それが正しい。それなのに、感情は庭の岩のように静かだ。

庭の突き当たりに大きな桜の木があり、そこで子照は足を止めた。

「——照帝は、目が悪い」

ぽつり、と子照が呟《つぶや》いた。

木の幹に触れ、額《ひたい》がつくほど顔を近づけてから「桜だな」と言った。

「そう……みたいね」

「気づかれぬよう振る舞っていたようだ。まだ年若いというのに、身体がひどく弱っている。……誤算だった」

越世遡行というものを呑み込めてはいないが、簡単に言えば、他人の身体を乗っ取った、ということになるのだろう。その身体の機能が衰えているのは、さぞ不便なことだろうとは思う。周囲との意思疎通もままならず、命を懸けたはずの情報も的外れだったのだから救いがない。

(気の毒に……)

白瓊は、子照を見上げた。

皇帝の姿をした、皇帝ではない人。

皇帝を殺し、その内部に入った人。

彼に対してどんな感情を持っていいのか、見失っている。

「私には、貴方が夫の仇《かたき》……のように見えるの。間違っている？」

緊張を伴う問いだった。声が、わずかに震える。

「否定はできないが、これは蒼国と、我が一族の契約なのだ。国の衰えを止めることができれば、異民族の侵攻によって起きる万にも及ぶ犠牲を出さずに済む」

「異民族の侵攻って、さっきも言っていたけど、本当なの？　信じられないわ」

「残念だが、実際に起きる。照帝の死後、姚一族の失策が続き、国境の守りが疎《おろそ》かになったところを西戎《せいじゅう》に狙われた。国は二つに割れ、三十年後には滅亡寸前の状態に陥《おちい》るのだ」

仮に夫の仇として、目の前の青年を殺したとしよう。——大逆罪以外のものにはならない。族誅《ぞくちゅう》間違いなしだ。

では、彼を無視して坤社院にこもったとしよう。——悪女の汚名は免《まぬが》れるが、国は滅ぶ。それも、西の異民族の侵攻を許した上で。

国が滅びては、困る。

その一点においてだけ、子照と白瓊の利害は一致し得た。

「わかったわ。ひとまず話を聞きましょう」

「……あ、ありがたい。恩に着る」

子照が、白瓊の手を握った。

びくっと身体が強張る。

慌てた子照は「すまない」と謝罪し、手を引っ込めた。

わかっている。今、彼が手を握ったのに、邪《よこしま》な意思はなかった。それでも、慎ましい女としての教育を受けた白瓊にとっては、許されざることだ。

（この人は、夫じゃない）

夫ではない人と協力していくならば、線引きは必要だ。

「条件があるわ。私は、照帝陛下の皇后として入宮したの。いくら照帝陛下の身体の中にいるといっても、貴方を夫とは認めない」

「貴女の言はもっともだ。妻として仕えよなどとは決して言わない」

「事が落ち着いたら、私は坤社院に戻るわ。構わない？」

「……わかった。受け入れる」

最初の、そして最大の要求が通ったことに、安堵《あんど》する。

ふぅ、と白瓊は小さく息を吐く。

「――では、話を聞かせて」

広間へと戻った子照は、最初に、

「提供できる情報は、必要最低限にさせてもらう。一つには、未来を知りすぎると、判断を誤ることが往々にしてあるからだ。二つには、反動を避けるために必要だからだ」

と断りを入れてきた。

「反動？　なんのこと？」

「壮士《そうし》――命を捨てて越世遡行する者を、我らは壮士と呼んでいる。壮士が、運命を大きく変えようとすれば反動が起きると言われているのだ。強く撓《たわ》めれば、反動もより強くなる。変える事柄は、最低限にするべきだと」

「なるほど。小さな事柄が、大きな事柄のきっかけになるかもしれないものね。理に適っていると思うわ。情報の取捨選択は任せる。さ、まずは私がどうして悪女になったのかを教えてちょうだい」

すっかり冷めた茶を一口飲んでから、白瓊は深呼吸をした。

これから聞くのは、後世の評だ。しかも悪女と銘《めい》打たれているのだから、愉快な内容でないことだけは間違いない。

「わかった。貴女のことを話そう」

――稀代《きたい》の悪女・姚白瓊について。

父親の姚斉幹《さいかん》が、地方でため込んだ賄賂《わいろ》を投じて、娘の地位を買った。

「もう話が違うわ！」

覚悟していたつもりだが、開始直後から抗議せざるを得なくなった。前提からして、まったく違う。

「ひとまず聞いてくれ」

「張家を中心とした東潔派と、関家を中心とした西清派が、この十数年は派閥争いを繰り返していたの。お互いの足を引っ張りあって、死者も出ていたくらいよ。政治も停滞して、地方の汚職も横行している。派閥の力を上げるために、能力のない人を、次々と地方に派遣するからよ。それを憂《うれ》いた烏宗玄《うそうげん》が、玄冬派を興《おこ》したの。父は宗玄様と同郷だから、中央に招かれた。応じたのは、純粋に国を思ってのことよ。私が皇后に選ばれたのは、東と西の派閥争いとは無縁だからに過ぎないわ」

初手からこの調子では、先が思いやられる。憤慨《ふんがい》しつつも、白瓊は「続けて」と頼んだ。

姚皇后は奢侈《しゃし》を好み、後宮内に豪奢な宮殿を建てさせた。職人が五百日かけて作った袍を使い捨て、華美な宝飾品は毎月新しいものが届けられ、卓の上には常に山海の珍味が並んだ。西域産の葡萄酒を好み、硝子の酒器でなければ口をつけなかったという。

気分で人を殺し、酒器を間違った宦官や、按摩《あんま》の下手《へた》な女官は、その場で首を刎ねられた。美々しい紅袍を着た美貌《びぼう》の宦官に芝居をさせ、遊蕩にふけったという。

「待って……さすがにそれはないわ。私の逸話じゃないわよ、それ！」

「まだ、これからだ」

頭痛を感じ、額を押さえる。

まったくもって事実無根——というよりも、照帝と柴太后《さいたいこう》の不品行そのままだ。

さらに、話は続いた。

姚皇后は一族を次々と要職につけ、賄賂が横行し、腐敗政治は国を混乱に陥《おとしい》れた。悪評として名高いのが、旻州《びんしゅう》に建造された巨大で豪奢な離宮・望天宮《ぼうてんきゅう》だ。山と周辺の田畑を潰《つぶ》し、水を民から奪い、かつてない重税が課された。また労役に駆り出す人員を確保するための悪法が作られたために、村から男たちが消え、厳しい罰則は多くの人の命や健康を奪った。怨嗟の声は世に満ちたという。

皇后は、花が驚きで枯れるほどの醜女《しこめ》で、心までも醜《みにく》く照帝に疎まれた。姦婦《かんぷ》であった姚皇后は、後宮に皇弟を誘い込み、不義の子をなしたとの噂もある。

「ひどい！　なによ、姦婦って……あんまりだわ！　それに醜女って……！」

「すまない。あと少しで終わる」

姚皇后の逸話は、さらに続いた。

自身は不貞を働きながらも、嫉妬《しっと》深い皇后は、照帝の寵姫を容赦《ようしゃ》なく攻撃しては坤社院へと追いやった。特に身籠《みご》もった美貌の寵姫には無実の罪を着せ、腹を裂いて殺したという。

これによって夫婦仲は決裂し、照帝は皇后によって毒殺される。

「え？　皇上を殺すのって……私なの？」

「あぁ。そういうことになっている」

「それが二年後なのね。今のところ、皇上にはお子がいらっしゃらないわ。後継者って、まさか炯殿下じゃないわよね？　あの方もあの方で、悪い噂しかないのに」

「すまないが、後継者の件は伝えられない」

白瓊ははやる気持ちをなんとか抑えて、呼吸を整える。

情報の制限については、説明を受けたばかりだ。

「とにかく、私に関する逸話は事実無根よ。でも、このまま私が坤社院にいれば解決するのではなくて？　道士のままなら、絶対に姦婦なんて言われないわ。存在しない寵姫を殺すことなんてできないのだし」

「いや、それはできない。だが、整理してみれば、貴女の功は人に奪われ、人の悪行の罪を着せられている形だ。貴女が坤社院から動かなければ、明君の中身が消えてしまう」

「まぁ……そう……なるかしら」

「止めねばならぬ悪法がある。今の私は無力だ。政治の素養が一朝一夕《いっせき》で身につくはずもない以上、貴女の力が要る」

腕を組むという慎ましい女にあるまじき姿勢で、白瓊は悩んだ。

「たしかに……そうね」

白瓊は後宮に入ってから政治を学んだが、女子教育の盛んな地域で育っているため素養はある。目の悪い子照が書物を読むのには、常人よりも時間がかかるだろう。条件は悪く、楽観は難しいように思う。

「嫁がせた娘を責め殺された張氏は三年後に内乱を起こし、国は大きく衰える。長塞《ちょうさい》の守りは手薄になり、異民族の侵入を許すことになるのだ。なんとしても防ぎたい」

「つまり……国を救うためには、その巨大な離宮？　あとは、その悪法も止めなければいけなくて、張家の内乱を防がなくてはいけないのね」

「そうだ。一に望天宮建造を止め、二に悪法を阻止し、三に内乱を防ぐ。この三つを成せば、国の衰えは防ぐことができるだろう。国防に兵も割ける」

白瓊は、うん、とうなった。

言葉でまとめれば簡単だが、事は相当に大きい。

「私が思い留まるのなら簡単だけど、その離宮は、私ではない人が建てるわけでしょう？　そんな人、太后様くらいしかいないと思うわ。……貴方の言う姚皇后の印象は、太后様そのものよ」

「離宮計画は、なんとしても止めたい。建造にかかった金は二億環《かん》とも聞く。建造の直接的な犠牲者は千人に及び、悪法による間接的な犠牲者は数千人を超すはずだ」

「二億環の金と、数千人の命……それは、止めるべきね。なんとしても」

白瓊は、またうなった。

太后を止めるのは、自分の役目になりそうだ。

だが、あの人の話を聞かない太后は、白瓊を都合のいい駒《こま》だとしか認識していない。そんな人を、自分の力で止められるのだろうか。高すぎる壁である。

「止める方法は道々考えてみるけれど、私には力がないの。太后様をお諫《いさ》めするなんて、簡単じゃないわ」

「立ち入ったことを聞くが、貴女は照帝に疎まれていたのか？」

なんと答えるべきか、迷った。

考えこんで、目をあちこちに彷徨《さまよ》わせたのち、子照をしっかりと見つめる。

「……否定はしないわ」

「ならば、私を利用してくれ。皇帝が後ろ盾《だて》になれば、皇后の力は増すだろう」

これまで白瓊の立場を軽くしてきたのは、照帝の冷遇だ。

この一点が、表向きだけでも変わる。

（まともな皇后に――なれるの？　私が？）

できるのだろうか。想像がつかない。

だが、選択肢《し》は他にないのだ。

（やらなければ、悪女の汚名は免れない）

白瓊は拳を握りしめ、うん、と大きくうなずいた。

「そうね。皇帝の後ろ盾は必要になる。後宮を正しく掌握《しょうあく》できれば、離宮建造も止められるし、寵姫を殺す事態も起きず、悪女の評も消滅するはずよ」

「任せてくれ。貴女を必ずや守る。貴女自身も。そして名誉も」

胸に、なにかが突き刺さった。

——貴女を守る。

夫の姿をした人は、夫が決して言わない言葉を発していた。

子照は、椅子から立ち白瓊の前に跪《ひざまず》く。自分だけを見つめ、自分だけを頼り、助けを乞うている。すべて、夫が決してしない行為だ。

それを震えるほど嬉《うれ》しいと思うのは、罪だろうか。

「私も、貴方を守るわ。互いを守り合い、信じ合い、助け合うの」

言いながら、思った。

まるで廟《びょう》でする婚姻《こんいん》の誓約のようだ、と。

「誓おう。私は、貴女を守り、信じ、助ける」

これから自分たちは、国を救うために力を尽くすのだ。高揚が、身体を熱くした。

「そうと決まったら、急いだ方がいいわ。明日にも出発しましょう。私は今日の内に還俗《げんぞく》は済ませておく。子照は先に戻る？」

「一緒に帰ろう。……構わないか？　今後、私は皇后を無二の存在として重んじる皇帝でいたいのだ」

そんな提案をされるとは夢にも思っておらず、驚きが顔に出てしまう。

驚き、そののちに頬が赤くなる。

「い、いいと思うわ。そうよね、大事だわ。夫と仲のいい悪女も、正妻と仲のいい暴君も、あまり聞かないものね」

「あぁ、我らは、暴君でもなく、悪女でもないからな」

にこりと笑んだ顔が、思いがけず眩《まばゆ》い。

とっさに目をそらしていた。不貞はまずい。白瓊は姦婦ではないのだ。

「今後は、形を整えねばなりませんね、皇上。私のことは、白瓊、とお呼びください」

「白瓊――そうだな、そう呼ばせてもらおう」

互いに助け合うと約束し、親しく夫婦のように呼び合う。

（まさか、夫と――夫ではないけれど――手を携《たずさ》える日が来るなんて）

利害のため、とは理解しつつも、急に面映《おもは》ゆくなってきた。

「あ……で、では、食事は下げ渡すよう伝えておきます。坤社院にも届けさせましょう。小さなところから、愛される存在でいなくては」

「なるほど。たしかに、大事なことだな」

白瓊は「では」と一礼し、広間を出た。

（やるしかない。……稀代の悪女になんて、なってたまるものですか！）

人生と名誉をかけた、戦いがはじまる。

強い決意を胸に、白瓊はその最初の一歩を踏み出したのだった。

「後宮に戻ることになったわ」

控室の卓の上には、皿がいくつも並んでいる。使用人は、主《あるじ》の食事の余りを口にするものであるから、これは先ほど下げられた料理の一部だ。

茉莉は「えぇ⁉」と口を押さえながら、大きな声を出す。

彼女が先に食事をはじめていたのは、決して礼を失した行為ではない。口をつけなければ下げられてしまうので、むしろ推奨される行いである。

「ひとまず、お召し上がりになってくださいませ。美味《おい》しゅうございますよ」

「いつも悪いわね、茉莉。一緒に食べましょう」

大食いの侍女には千金を積め、という言葉がある。本当に大食いである必要はない。二人分を平らげる、と言い張って食事を確保する侍女がよい侍女だ。

男性との食事において、鳥が啄《ついば》むほどしか口に入れられない女性にとって、部屋に戻ってからが本当の食事の時間だ。

手を合わせ、さっそく豚の甘煮に箸を伸ばす。一口含めば、旨味《うまみ》が舌を痺《しび》れさせる。とろりととろけた脂《あぶら》は、まさしく俗世の味である。

温もりの残る、壺入りの羹を取り分けて一匙流し込めば、鶏と蓮根《れんこん》の風味がうっとりするほど深い。胃の腑《かし》に染みわたる。

「さすがは陛下ご下賜の品。……それで、どうして後宮へお戻りになることになったのです？　なにがなにやらさっぱりでございますよ」

どうして──と問われると、説明が難しい。

国を救うという大きな話をしただけで、細かい打ち合わせはしていなかった。

（突然、人が変わって、まったく別人のようになってしまった理由が要る）

変化は、あまりにも大きい。照帝をちらりと布越しに見たきりの白瓊が気づいたくらいだ。違和感は大きなものから小さなものまで、様々にあるだろう。なにせ本当に別人なのだ。この二カ月半の間に、すでに怪しむ者もあったかもしれない。

それら、すべてを黙らせるような理由が欲しい。

「えぇと……後宮は、私がいなくなってから、なんだか大変みたいで。助けてくれと頭を下げられたら、断り切れなくて。それで……」

「それは大変で当然でございましょうけれど……陛下が、本当にそんなことをおっしゃったので？　寝言ではなく？」

茉莉が、首を傾《かし》げている。

相手は、初夜にも来なかった照帝だ。茉莉の反応も無理はない。逆の立場なら、白瓊も信じなかっただろう。

「そ、そうなのよ。あんまり普通のことをおっしゃるものだから、寝言に聞こえてしまったの。私がいないと困るって。もう、お酒もほとんど飲まれてないみたい」

茉莉の箸から、蒸し鴨がぽろりと落ちる。

「えッ⁉　毎日葡萄酒を樽《たる》一つ分は飲まれて、酒を切らした宦官は酒樽に沈められたとかいう噂もございましたが……」

「それはただの噂よ。この食事も、本当に私のために用意してくださったの」

「雷にでも打たれたのでしょうか？　毒茸でも召し上がられたので？」

「毒茸ではないわ。だって、茸は召し上がらないもの」

「すると……階段でも踏み外して、お怪我なさったとか？」

――それだ。

白瓊の頭に、雷光が走る。

酔っ払いにはありがちな話なところが、またそれらしい。

「そう、きっとそうよ。なんかこう……そういう感じになったんだと思うわ」

「ははぁ、そういうことでございましたか。それで、お人が変わられたと……」

茉莉はまた箸を動かしだしていた。今の理由で納得したらしい、

（転んで怪我をして、人が変わった。この線で行きましょう）

暴君から常人への変化は、きっかけがあった方が人も納得するだろう。

飾り包丁が入った、美しい卵を頬張ったところで、

「白瓊！」

いきなり、控室の扉が開いた。——子照がいる。

白瓊はむせたし、茉莉は喉《のど》に肉団子をつまらせかけて、胸を叩いた。

「ど、どうなさいました？」

咳《せき》が収まるのを待って、白瓊が問う。

子照は、じっとこちらの様子を見て「食事をしているのか。食欲が戻ったのだな、よかった」と笑顔を見せた。

子照は、白瓊をまじまじと見て確認してから、にこりと笑んだ。

そうしていると、仙人めいた印象はやや和《やわ》らぐ。

「先ほどの食事を下げ渡す件、大変に感謝された。貴女の助言のお陰だ、ありがとう。貴女と——白瓊と、後宮へ戻れるのが嬉しい」

わざわざ礼を言いに来たらしい。子照は「ゆっくり食べてくれ」と一言添えて、部屋を去っていった。

「よほど打ちどころが悪かったんでございましょうねぇ。まるきり、別人でございますよ」

茉莉は気味の悪いものを見る顔で、扉を見たまま呟く。怪我をして人が変わったという方便は、早くも機能しているようだ。

白瓊は「そうね」と軽い相槌《あいづち》を打ち、鶏の揚げ物に箸を伸ばした。

白瓊は、翌朝早くに甫州を発《た》った。

還俗の手続きは済ませたので、もう俗人になっている。白い道服ではなく、山に入る時に着ていた紺《こん》の袍に着替えた。ただ、髪はさすがにそのままだ。

（洪恩院で命を終えるとばかり思っていたのに……まさか、夫ではない人と同じ馬車に乗って、曜都に戻ることになるなんて）

奇妙な感慨に耽《ふけ》りつつ、山道を進む。

皇帝の馬車は、大層大きい。馬も六頭立てだ。揺れも少なく、旅は快適であった。

座席は人が五人は座れそうなほど広く、白瓊はその隅《すみ》に座っていた。夫ではない人の側に座るのには抵抗がある。

「酔って転んで怪我をしたせい……か。なるほど、人が変わった理由を、それで誤魔化《ごまか》すわけだな。私は、生前の照帝を知らぬ。似せられぬなら、いっそ別人のようになったとした方が都合がよさそうだ」

ちらりとかすめる違和感に、白瓊は曖昧《あいまい》な表情を浮かべていた。

子照は、照帝殺害に対し、罪の意識を覚えた様子がない。

なにやら特殊な一族と、陶家《とうけ》の契約に従っているせいだろうか。

（そう言う私だって、まだ悪夢でも見ているような気分だけれど）

照帝は実在していないのではないだろうか――と三年九カ月の間に何度も考えたことが

ある。眠れぬ夜の、長い孤独はそうでもしなければ乗り切れなかった。

蓬山第にこもっていた照帝の存在は、あまりに遠い。

ただ、彼の死を誰も知らず、嘆く者さえいないことだけは気の毒に思った。

（天祥城に戻ったら、せめて廟で祈りを捧げさせていただこう）

今の後宮で、廟への参拝をする者はごく少ない。毎日参拝していたのは、白瓊くらいであった。留守の間に、管理が疎かになっているに違いない。

帰ったあとの、たまりにたまった雑事を想像していると、ふっと柑橘《かんきつ》類の葉を煮詰めたようなにおいが漂ってきた。

子照が、竹筒を開けている。薬でも入っているらしい。

「貴女があの短い時間で気づいたのだから、本物と私は、様々なところが大きく違うのだろうな。口調はどうだ？」

なぜ、その質問を自分がされるのか、理解するのに時間が要った。

よく考えてみれば、夫の口調について妻に尋ねるのは別段変わったことではない。子照は、白瓊がまともに夫と接したことがないとは知らないのだから。

「ど、どうでしょう……あまり、親しくお話しする機会がありませんでしたので。あ、それは、お薬ですか？」

苦い薬を勧めた薬師《くすし》を、肥溜《こえだ》めに放り込んで殺したという噂を聞いた記憶がある。そんな照帝が、薬を自ら飲んでいる。口調よりもこうした変化の方が、人は違和感を持つように思えた。

「これは解毒剤だ。照帝は、毒を盛られていた」

「え⁉　毒……毒って……毒ですか？」

子照の口からこぼれた言葉に驚くあまり、慎《つつし》み深い女にあるまじき声が出た。白瓊は、口を押さえる。

「あぁ、毒薬だ」

「だ、大丈夫なのですか？」

「飲んだ直後に死ぬような、即効の毒ではないのだ。ただ、毒を盛られてから数カ月程度は経っていたようで、身体は蝕《むしば》まれている。視力が落ちたのも、その影響だろう。解毒剤が効いて、最近はずいぶんよくなった」

「回復なさっているのですね？」

「案ずるには及ばない。時間はかかるが、毒自体はいずれ抜けるだろう」

白瓊は、子照の顔をまじまじと見つめる。

毒自体にも驚いたが、淡々《たんたん》と話す子照にも驚いた。

人の生き死にだけでなく、自分の生き死ににも鈍い人なのかもしれない。

「毒など、一体、誰が？　そういえば、未来の私……というか、その悪女が、照帝を毒殺したと言われておりましたよね？」

「あぁ。すまないが……実は、毒に気づいた時、貴女の差し金かと疑っていた」

子照は、軽く頭を下げて「すまない」と繰り返した。

あの激昂《げっこう》の中に含まれていた誤解の質を、白瓊は二カ月越しに理解する。

「私ではない以上、他の誰か……ということになりますね」

後宮で、毒物が扱われていたなど想像もしていなかった。毒の一言で、見える景色が変わってくる。

（これから私が相手にするのは、人を排除するのに毒を用いるような人たちなんだわ）

進むと決めたものの、あまりの道の険しさに不安は募る。

「いずれ、明らかにするつもりだ。毒を盛ったのは、我らの敵だからな」

「それにしても、よく気づかれましたね。解毒剤も見つかってよかった。薬師の名は？」

薬師を殺した、という噂は、二度ほど耳にしている。事実とも思えないが、好んで仕える酔興な薬師もそうはいないだろう。よほどの忠義者に違いない。

是非《ぜひ》とも礼を言い、その労に報《むく》いたいと思った。今後のことも考えれば、大切な味方だ。

「薬師は――」

「貴重な味方ですもの。大切にしなくては」

「あぁ、そうだな。私の方から、改めて礼を伝えておく。――柯《か》だ。柯老師《ろうし》、と呼んでいる。今後、柯老師が毒見をしたもの以外は口にしないでもらいたい。印を決めておこう。紅《あか》い盆だ。紅い盆で運ばれたものは、毒見が済んだものと思ってくれ」

「柯老師ですね。印があるのは、わかりやすくて助かります。よかった」

思いがけない助っ人の存在に、深く安堵した。

口に入れるものにいちいち警戒のいる暮らしなど、長く続けられる気がしない。

「私としては、天祥城に戻り次第、すぐにも朝議に参加したいと思っている。だが、毒の件もある。急な動きも危険なように思われてな」

「たしかに、殺されては元も子もありませんね。反動に配慮するなら、少なくとも二年は貴方に皇帝の座に就いていてもらいませんと。その間は慎重さも必要でしょう」

子照は、気弱なため息をついた。

「明君の親政が、これほど遠いとはな」

白瓊は苦笑する。毒によって弱らされた皇帝と、一時は放逐されていた皇后。正しく日常を取り戻すのさえ容易ではないだろう。

「甫州まで、私を迎えにきた気概をお忘れなく」

「そうだな。忘れてはいけない」

子照も、かすかに苦く笑う。

央国の宰相を、史書は、愚なれど義なり、と評した。

さしずめ自分は、姦なれど義なり、と言ったところか——と思ったが、

（なにが姦よ）

と思い直した。

すべて終われば坤社院へ自ら行く、と宣言した者が、姦なわけがない。

子照は目を閉じ、転寝《うたたね》をはじめている。

毒で弱った身体には、この旅も負担が大きかったろう。彼にできることは、そう多くはないはずだ。

（自分の名誉は自分で守ってみせる。……私は、悪女なんかじゃないんだから）

最初の一度は、命じられたままに。

二度目の今は、自らの意思で後宮へと向かおうとしている。

今度はただの雑用係では終われない。名実ともに、後宮の主になるのだ。

——彼とならば、できる。

白瓊はキッと前を見すえ、決意を新たにしたのだった。

白瓊は、天祥城に戻った。追放から約二カ月半目のことである。

表向きは、北方にある陶家の墓所への参拝とされているらしい。二人とも、参拝の際に着る金の袍を身にまとっている。

天祥城の南端にある岱慶門《たいけいもん》からは、輿《こし》での移動だ。

城の南側は主に庁舎街で、紺色の官服を着た文官らが、遠い場所で膝をついているのが見えた。

輿に揺られて進むことしばし。朝議が行われる、荘厳な盤古殿《ばんこでん》の横を過ぎると、くすんだ紅い塀が見えてくる。黄みの強い橙の瓦《だいだいかわら》が記憶にあるより鮮やかだ。

後宮唯一の出入り口の、嘉齢門《かれいもん》が近づいてきた。

「いよいよですね」

「あぁ。いよいよだ」

門の前で、輿が並ぶ。

冕冠《べんかん》ごしに、二人は目を合わせ、うなずきあう。

ぎぎ、と重い音を立て、嘉齢門が開いた。

後宮の中央を走る、細い庭をはさんだ二本の道が見える。

（あら……？）

鮮やかな紅が、目に飛び込んできた。

それは、塀の色ではない。

紅い――上から下まで、すべて紅い、人がいる。

真っ赤な装束に、紅い薄絹を垂らした冠帽。どう見ても花嫁だ。

後宮の中にいる花嫁衣裳を着た人など、入宮してきた娘しか存在し得ない。

「皇上、これは……」

白瓊は、戸惑いつつ子照を見た。

「……どういうことだ？」

彼の目でも、そこにいる女性が花嫁装束であることはわかるのだろう。花嫁だと認識した上で、驚いている様子だ。

（子照の意思で決まった話じゃないんだわ。照帝の生前に決まっていた話？　いえ、さすがにそれなら、私も把握してたはずよ。……まさか、私が留守の間に？）

門の向こうには、出迎えの女官や宦官らが、ずらりと並んでいる。

白瓊は輿から降り、列の先頭にいた淡い緑の袍の、小柄な女性に声をかけた。彼女は郭《かく》貴妃《きひ》。名は文月《ぶんげつ》という。皇后に次ぐのは、貴妃、賢妃《けんひ》、淑妃《しゅくひ》、の三妃だ。白瓊不在の間、照帝の妃の中では最も高位の妃であったが、彼女も白瓊と同じ不遇の身である。

「文月、戻ったわ。大変だったでしょう？」

文月は、感極まったのか、顔を袖《そで》で覆《おお》いながら泣きだした。

横に並んだ背の高い葛《かつ》淑妃の目にも、溢《あふ》れんばかりの涙が浮かんでいる。彼女の名は秀《しゅう》麗《れい》という。同じく不遇の妃であった。

涙の再会もそこそこに、白瓊は「あの方は……？」と二人に問うた。

「本日入宮なさった、張伯飛《はくひ》の娘の、張可馨《かこう》でございます。位階は、貴人《きじん》とのことです」

文月の涙まじりの声が、ひどく遠い。

東潔派筆頭の、張伯飛の娘。悪女・姚皇后が嫉妬ゆえに惨《むご》く殺すという、薄幸の佳人。

そして、彼女の死は、張氏による内乱の発端となる。

(本当に、子照の言う未来が来る……の?)

幻《まぼろし》が、にわかに実体を持った。

そうだ。これは現実だ。目の前に、花嫁はいる。

(ここまで準備されたなら、もう断るのは不可能だわ)

後宮を掌握する、と決めた以上、ここは白瓊が上手《うま》く捌《さば》かねばならない。

新たな妃嬪を迎えるのは、あくまでも皇帝ではなく皇后なのだから。

「太后様がお決めになったのね?」

文月と秀麗は眉の八の字にして、

「「はい」」

と声を揃《そろ》えて答えた。

宦官に花嫁を蓮繍殿《れんしゅうでん》へ移動させるように伝えてから、子照の輿に近づく。

「皇上。ここまで進められてしまっては、打つ手はありません。婚儀を行ってください」

子照は、苦し気な表情で少しの間、黙った。

意に染まぬ決断なのだろう。白瓊とて、避けたかった事態だ。だが、国の衰退を招くのは、可馨の実家である張家の内乱。刺激できないことは、彼もわかっているだろう。

「……わかった。婚儀を行おう」

「お願いいたします。……私は、太后様の螺鈿殿《らでんでん》へご挨拶にうかがいますので」

白瓊は一礼し、あとは徒歩で太后の住まう螺鈿殿のある、西側の西興苑《せいこうえん》を目指した。

後宮の最北の区画は北芳苑《ほくほうえん》で、皇帝の住まいの紫昴殿《しこうでん》や、照帝がこもっていた蓬山第がある。他の区画は大きく東西に分かれ、東側は、皇后はじめ当代の妃嬪の住まいが集まる東佳苑《とうかえん》。西側は、太后はじめ太妃らが住まう区画で、西興苑と呼ばれている。

区画は、それぞれくすんだ紅色の塀に囲まれており、区画の外に出る機会は、朝の挨拶以外ではほとんどない。

くすんだ紅い塀の、碧色《へきしょく》の装飾が施《ほどこ》された西興苑の門をくぐった。

後ろにゾロゾロと宦官がついてきたので、茉莉以外は戻るように伝える。

螺鈿殿は、西興苑の実に三分の一を占める。塀はこの一角だけ白く、翡翠色の文様《もんよう》が華やかに描かれている。中の建物は、改装、改築を年中行ってきたせいか、歪《いびつ》で落ち着かない。

面会を申し込むと、庭の四阿《あずまや》に案内された。中にいる太后が手を振っている。

「おかえりー！　戻ってきたのね！」

目の眩《くら》むような朱赤の豪華な袍に、頭が重くなりそうな髪飾りをつけたその人こそ、柴太后である。先の柊帝《しゅうてい》が最晩年に愛した女性で、夫の死後生まれた実子は、生後三日で亡くなったという。それから六年経って、三十四歳になった太后は、後宮の住人の誰よりも派手に着飾っている。

（太后様も、相変わらずね）

不在の二カ月半の間に、庭の様子がまた変わっていた。庭木程度なら気にもしないが、小さな池ができ、橋がかかっている。走り回る犬の数も確実に増えていた。

（この浪費癖まで、私のせいにされるなんて……まっぴらだわ）

卓の上には葡萄酒がある。照帝が飲むようになってから、真似るようになったそうだ。酒器もすべて硝子である。

周囲に侍るのは、若く見目麗《みめうるわ》しい宦官たちだ。こちらの数は増えていない。

「ご無沙汰《ぶさた》しております、太后様。お変わりありませんか？」

白瓊は丁寧に、拱手《きょうしゅ》の礼をした。

「まぁ、なに、その髪。早く伸びるといいわね。みっともないわ！」

悪気はないのだろうが、心の機微のわからない人である。万事この調子だ。

「戻りましたら、張家から娘御がいらしていて……驚きました」

「そうなのよ。文月と秀麗は全然使えなくて困ってたから、新しいのを連れてきたの。可《か》愛《わい》い子でしょう？」

　犬の子でも拾ってきたように、太后は言う。これも悪気はないのだろう。

　いつもなら左様でございますか、で終わらせる話題だが、今後はそうもいかない。

「東潔派と西清派の対立は避けねばなりません。東潔派の筆頭たる張伯飛の娘を選ぶなど、今の状況では避けるべきでした。ご相談いただければ――」

「だって、貴女いなかったじゃない。あの陰気な二人は全然喋《しゃべ》らないから相談なんてできないし。まぁいいわ。あとはお願いね」

　太后が手振りで示すと、美々しい宦官が書類を運んできた。

　婚儀に関する諸々《もろもろ》の手続きだろう。あとで目を通すつもりだったが、目がその文字の並びに釘づけになる。第二親王烱承《けいしょう》殿下へ、と書かれていた。

「え……た、太后様。もしや、これは皇上ではなく、烱殿下の縁談なのでは……」

「そう。そうなの。でも、大丈夫よ。可馨を迎える代わりに、入宮予定だった別の子を烱親王の正妻に迎えさせたから。ちょうどいいでしょう？」

　くらくらと眩暈《めまい》がする。

（ちょうどいいどころか、台無しじゃない！）

　これまでなされてきた配慮が無に帰した。その上烱親王との確執も新たに生じた恐れがある。一言で言えば、最悪だ。

「犬の子でもあるまいし、そんな簡単に……」

「あら、貴女ってそんな冗談も言うのね。そうそう、犬も増えたのよ」

あの子、と指さした先には、真っ白な子犬がよちよちと歩いていた。愛らしさに下がった眦《まなじり》をキッと上げ、太后と向き合う。

「犬の話は、またのちほど。……とにかく、今後はお控えください」

「不甲斐ない貴女の代わりにやってあげたのよ」

くい、と硝子の酒杯を空けた太后は、ふてくされたような顔をしていた。

「――ご配慮、感謝いたします」

白瓊は頭痛を感じつつ、螺鈿殿を辞去した。

太后のお気に入りの歌い手の、のどかな歌声が背の方から聞こえてくる。

(張家に金を積まれたってだけじゃないの？　今年の化粧料だけで、あんな庭を作ったりできないはずだもの！)

螺鈿殿の門を出て、西興苑の道をずんずんと進む。慎ましさを忘れた速度で。

塀に囲まれた空。どこまでも続く橙色の屋根。美しい多くの建物たち。華やかな庭。

そして、この閉塞感。

戻ってきたのだ、と強く思う。

「お、奥様！　速うございます！」

追いかけてきた茉莉の訴えを聞き、白瓊は歩みの速度をぐっと落とした。

「……そうね。少し、急ぎすぎたわ」

「奥様は、陛下に望まれて後宮へお戻りになられた、皇后陛下でございます。立ち居振る舞いにもご注意を」

茉莉の言うとおりだ。腹が立とうと、苛立《いらだ》っていようと、命の危機にあろうとも、堂々と振る舞わねばならない。白瓊は、皇后なのだから。

「そのとおりだわ、茉莉。とても大切なことよ」

「はい。これまでとは違うのです、奥様。今度こそ――」

茉莉の細い目が、潤んでいる。

これまで受けてきた屈辱《くつじょく》を、苦く思い出しているのだろうか。白瓊の入宮が決まった時、一番はしゃいでいたのは彼女だった。誇らしい、と誰より多く口にしたのも。

「ええ……そうね」

白瓊にとってだけでなく、茉莉にとっても、これは千載一遇《せんざいいちぐう》の好機なのだ。

「今度こそ、国母となられますよう」

紅い塀にはさまれた長い道の真ん中で、茉莉は頭を下げた。

見上げる空はひどく高く見え、渡る風に寒さを感じる。

「天に従うばかりよ」

はっきりとした言葉は避け、曖昧に濁《にご》す。

懐妊の可能性は皆無だと知らせず、期待だけさせるのは良心が痛む。しかし、それもこれも国を救うためだ。茉莉とて、稀代の悪女の侍女にはなりたくないだろう。国を異民族に蹂躙《じゅうりん》されるのとて、避けたいはずだ。

西興苑を出たあとは、東佳苑に戻り、しかし自分の殿ではなく廟に向かった。

（まずは、照帝陛下のことを陶家の父祖の霊にお伝えしておかなくては）

東佳苑の北東には、代々の皇帝の位牌を祀《まつ》る大聖廟がある。

背の高い木の並ぶ庭に入り、三角の屋根がある細い廊下をまっすぐに進んでいく。

突き当たりにある、黒い建物が陶家の廟だ。大聖廟という名の割に大きくもなく、ごく質素なものである。廟を守る兵士が五人、白瓊を見ると姿勢を正して敬意を示した。

内部に入ることができる人間は限られる。茉莉は「いってらっしゃいませ」と兵士のいる場所で頭を下げた。

黒い、重い扉を開く。

人知れず消された照帝の死を伝える役目が、ひどく重く感じられる。

そのせいか、内部が暗く見えた。いや、実際に暗い。

（あら……ここって、こんなに暗かった？）

位牌の並ぶ三段の棚が、三面に置かれた廟の内部は、記憶にあるよりも暗い。

よく見れば、絶やされることのない蠟燭《ろうそく》の灯《あか》りの数が、半分ほどに減らされていた。中央にある、最も大きい位牌が、高祖のものだ。五十年の乱世を、十の戦場でことごとく勝利し、蒼国を建てた英雄である。

かろうじて、高祖の位牌の周囲だけは明るい。

位牌の前の大きな灰壺に、煙の上がる線香が立っていた。珍しいことだ。

位牌に毎日線香をあげる者は、白瓊以外にいない。太后は遠いから、と言って見向きもしないし、文月や秀麗も怖がって近づきたがらなかった。もし子照だとしたら意外に思う。

彼は、あまり照帝の死に心を動かしていないのかと思っていた。

線香に火をつけ、変わらず巨大な灰壺に立てる。

棚にしまわれた線香の数も、ごく少ない。嘆かわしい変化である。

(たった二カ月半で、こんなことになっているなんて……)

高祖の位牌に手を合わせたあと、白瓊は蠟燭の少ない一角に向かった。

その一つには、柯《か》家二娘《じじょう》、と俗名が書かれている。照帝の死を、彼の実母にだけは伝えておきたいと思った。ただ、なんと言うべきか言葉が出ない。

照帝の魂《たましい》は、今どこにあるのだろう。

手を合わせようにも、どこに向かってすべきかわからない。

しかたなく廟の虚空《こくう》に向かって、手を合わせた。なにか伝えるべきかと思ったが、やはり言葉が見つからない。

ただ「必ずや国を救ってみせます」とだけ伝え、深く頭を下げる他なかった。

妃嬪の婚儀において、後宮の主たる皇后には役割がある。

入宮した花嫁は、いったん皇后の住まいの蓮繍殿に入ってから、大聖廟へと向かう。花嫁の母親代わりとして送り出すのだ。白瓊が入宮した時は、太后が面倒くさがったとかでまっすぐ廟に向かったが、その後、文月の時も、秀麗の時も、一度自分の殿に迎えている。

二カ月半ぶりに戻った蓮繍殿。感慨に耽って眺める間もなく、客間に入った。

調度品などは、手つかずで残っており、変化はない。

客間の長椅子の上に、その人はいた。

小柄で、細身で、冠から垂らした布ごしにでも伝わるほど美しい。芸術品を目にするのに似た感動を覚える。

(美しい人だわ。……後世に伝わる絶世の美女、だもの。当然よね)

先ほどから、置物のように動かず、茶や茶菓子にも手をつけていない様子だ。

「よろしくね、可馨。姚白瓊よ。今日は疲れたでしょう？　婚儀まではゆっくりしてちょうだい。ここには女しかいないから、遠慮は無用よ」

優しく声をかけたが、かすかな声で「もったいないお言葉でございます」と返ってくるばかり。

お茶はいかが？　と茶杯を渡そうとしたところ——ぱしり、と音がした。

足元で、茶杯がかしゃりと割れる。

（……え？）

可馨が茶杯を叩き落としたのだと気づくまで、やや時間が要った。

途中で外がやけに騒がしくなり、思考が中断されてしまう。

「ど、どうかお情けを！　お助けください！　殺されてしまいます！」

物騒な叫びに驚き、白瓊は可馨に「貴女はここにいて」と伝え、外に出た。

玄関の前で、女が平伏している。何者であるかは、すぐにわかった。長い髪を結いもせず乱し、肌が透けそうな白い着物に、折れそうに細い身体。雲霞《うんか》の美女だ。

蓬山第で、照帝と爛《ただ》れた日々を過ごし、白瓊を見下していた女たちである。

だが、複雑な感情など、この状況では吹き飛ぶ。

白瓊は、平伏する女の前に膝をついた。

「なにがあったの？」

「皇后陛下！　お助けください……！　なにとぞ……なにとぞ！」

がばっと顔を上げた女と、目が合う。

化粧をしていないのでわかりにくいが、背が高く、狐顔《きつね》なのでなんとか判別できた。一番の古株で、まとめ役をしている紅雲《こううん》に違いない。

「まず、中に入って。話を聞くわ」

「時がありませぬ。仲間は、すぐにでも始末されるでしょう。なにとぞ、お助けを！」

紅雲の顔は青ざめ、身体は震えていた。

「始末……？」

「殺されます！」

まさか――と言っている場合ではない。

白瓊は、女官の一人に紫昴殿へ報《しら》せを出すよう頼んでから、茉莉だけを連れて蓬山第へと向かった。

（なにがあったの？　子照が、そんな惨い命令を下したりするはずがない……）

東佳苑を出て、北芳苑を目指す。

くすんだ紅の塀の、大きな門を抜ける。いっきに視界が開けた。

蓬山第は、あの岩塀の向こう側のはずだ。足早に進む間に、細い女の悲鳴が聞こえてくる。重ねて、いくつも。

（まさか――嘘でしょう？）

岩塀の向こうに見えた光景の凄惨《せいさん》さに、白瓊は悲鳴を上げかけた。

髪を振り乱した美女たちが十数人、紅袍の者たちに追いかけられ、捕まった者から蝦籠《えび》に押し込められようとしていた。蝦籠とは、蝦のような格好で尻から入れられる籠のことだ。主に処刑の前後で使われる。死刑囚を運ぶ時と、骸《むくろ》を運ぶ時に。

（殺す気なんだわ。本気で、人を殺そうとしている……）

自分が目をそらし続けてきたものの正体を、この時はじめて知った。

誰かが止めねば——誰が？　自分しかいない。後宮の主たる、自分しか。

「よしなさい！　今すぐ、彼女たちを解放して！」

これまでの人生で一番というほどの声で一喝《いっかつ》すれば、紅袍の宦官たちはヒッと悲鳴を上げ、その場に這《は》いつくばった。

辺りが静かになる。そこに——

ふにゃあ、ふにゃあ、と赤子の弱々しい泣き声が聞こえてきた。

（え……？）

そこに、一人の妓女に抱えられた、生まれて間もない赤子がいる。

白瓊の頭の中は、真っ白になっていた。

第二話 麗しき歌劇

後宮に存在する、男性はただ一人。

生まれた子供の父親は、皇帝以外にいない。

赤子はとても小さく、生まれた直後のように見えた。

「皇后《こうごう》陛下……お助けを……」

赤子を抱えた女も、雲霞《うんか》の美女の一人のようだ。枯れ枝のような手足に、こけて青黒い顔。一目で健康を害しているとわかる。

差し出された赤子を、白瓊《はくけい》は受け取った。

布は汚れていて、衛生的ではない。異臭もする。

けれど、赤子の体温を感じた途端、体内の血が入れ替わったような感覚に陥《おちい》った。

（この子を、守らねば――）

強い意志が、白瓊の心を鎧《よろ》う。狼狽《ろうばい》の波は凪《な》いでいた。

「一体、どういうことなの？　説明してちょうだい」

先頭にいた紅袍《こうほう》の者の一人が、膝《ひざ》をついたまま一礼する。彼は、猫児《びょうじ》という名の若い宦《かん》官《がん》だ。

「卑賎《ひせん》の身が、恐れながら皇后陛下に申し上げます。照帝《しょうてい》陛下よりのご命令で、この者らを追放せねばならず、お下知《げち》には従えませぬ」

甲高《かんだか》く細い声は、卑屈でありながら傲慢《ごうまん》だ。

今までの白瓊であれば引き下がったかもしれないが、今は背負うものがある。

「お子まで諸共《もろとも》、と皇上《おかみ》がおっしゃったと言うの？」

「蓬山第《ほうさんだい》に関わる者すべて、との仰せでございました」

「では——こうしましょう。皇上に確認して、全員殺すという意味か否《いな》かの答えをいただくの。この場は私が預かるわ。すべての責任を取る」

存在の薄い皇后の、責任を取るという発言には重みがないのだろう。

猫児も、はい、わかりましたとは言わない。

あ、と誰かが声を上げた直後、ざっと人の動く音がする。

波のように音が広がり、その向こうから、

「白瓊！」

と声がした。

子照《ししょう》の声だ。報《しら》せを聞いて、駆けつけてくれたらしい。この絶好の機を、利用しない手はない。

「皇上。私はこちらです」

白瓊は心の動揺を押し殺し、現れた子照のもとにゆったりと近づいた。

「これはどういうことだ？　なにが起きている……？　それは……」

子照は、現状を把握《はあく》し切れず、戸惑っている様子だ。

白瓊は子照に寄り添い、耳元に現在の状況を簡単に囁《ささや》いた。赤子がいたことも含めて。

「子照。彼らになんと命じたのです？　紅袍の者たちは、この蓬山第にいた妓女《ぎじょ》十八名と、赤子を殺すよう命じられたと言っています」

「違う。……違う。まさか。ただ、彼女たちを後宮から退去させてほしいと――」

白瓊は、状況をおおよそ把握した。

紫昴殿《しこうでん》に戻った子照は、妓女たちを後宮の外に出そうとしたのだろう。

ただ、紅袍の者たちにとって、外に出せ、とは即《すなわ》ち、殺せ、という意味だったのだ。

「妓女たちを保護し、赤子は私が引き取ります」

白瓊は、さらに小さな声で囁いた。

まるで応じるように、ふにゃあ、ふにゃあ、と赤子が弱々しく泣き出す。

「赤子……がいたとは……」

「皇上。すべて、私にお任せいただけますか？」

白瓊は、周囲の人にも聞こえる声で問うた。

「わかった。白瓊にすべて任せる」

子照も、人に聞こえる声量で答える。

海が干上がったのを見たかのように、紅袍の者らも、女官も、兵士も、驚いていた。

暴君が、いきなり存在を無視し続けていた皇后に従順になったのだから。

彼らの驚きを埋めるのが、『皇帝は怪我をして人が変わった』という噂《うわさ》だ。

（言い訳を用意しておいてよかったわ）

人は、すがるように噂に飛びつくだろう。中身が、別人に変わったとまでは思わないはずだ。

「たしかに承《うけたまわ》りました、皇上」

子照は白瓊の手をしっかり握ってから、紫昴殿へ戻っていった。

異常な事態を理解しかねてか、人々は岩のように動かない。

白瓊は「妓女たちを全員、私の殿に移して。赤子には乳母《うば》はいるの？　必要なら手配を。くれぐれも、花嫁の部屋とは別にしてね」と伝え、女官たちに妓女と赤子を移動させた。

妓女たちは「感謝いたします、皇后陛下」「お慈悲に感謝します、皇后陛下」と泣きながら礼を言い、去っていく。

残ったのは、地に伏す紅袍の者たちだけだ。

この時、白瓊はごく冷静だった。

（私は、悪女になり得る）

人が蟻《あり》を踏み潰《つぶ》しても痛痒《つうよう》を感じないように、力を持つ者は弱者の痛みに鈍感になる。

赤子や美女たちを守るためならば、いつでもこの者たちを無感動に殺し得るだろう。自分の中にあるその可能性が、白瓊を踏みとどまらせた。

「紅袍の者らは、婚儀が終わるまで謹慎処分とします。下がりなさい」

紅袍の者たちは「お許しください、皇后陛下」「お慈悲をくださいませ、皇后陛下」「卑賎なる身をお憐《あわ》れみくださいませ、皇后陛下」と叫び、地面に頭をぶつけていた。

「言葉どおりの謹慎処分よ。間違わないで」

白瓊は、近くにいた禁侍衛《きんじえい》にそう命じてから、蓮繡殿《れんしゅうでん》へと戻った。


後宮に戻った初日から、なんと波乱の多いことか。

蓮繡殿の客間に可馨《かこう》の姿はなく、もう出発したあとであった。

今頃、廟《びょう》では婚儀が行われている頃だろうか。

胸がちくちくと痛むのは、彼女を送り出しそびれたからか、それとも――と考え、考え自体を忘れることにした。無意味な感慨だ。

(私は……なにも知らなかった)

白瓊は客間の長椅子《いす》の上で、深いため息をつく。

これまで大袈裟《おおげさ》な噂だと思っていたものが、事実だった可能性が見えてきた。

自分は悪女ではないのだから、なにもしなければなにも起きはしないという楽観は覆《くつがえ》された。多くの殺戮《さつりく》は、手を拱《こまね》いていれば、自分以外の誰かによって起きてしまう。

(人が殺されていたことも、赤子が生まれていたことも知らなかったなんて……いくら名ばかりの皇后だったからって、私は、一体なにをしていたのかしら！）

着替えをしている間に受けた報告では、赤子は女児で、二週間前に生まれていたという。生母は、十七歳の輝雨《きう》という雲霞の美女の一人であった。母子ともに衰弱がひどい。蓮繡殿の離れに保護し、柯老師《かろうし》に往診を頼んでおいた。

妊娠も出産も、蓬山第の中だけで秘匿《ひとく》されており、紅袍の者以外は、誰も存在を知らなかったらしい。その後、蓬山第の彼女たちの部屋を確認したが、人の住まいとも思えぬ劣悪な環境だった。――孕《はら》んだ女に用はない。それが照帝の言い分だったそうだ。

常であれば、考えられない状況である。

この国において、母方の血筋は重要視されない。父親が皇帝でさえあれば、奴隷《どれい》の子であろうと次代の皇帝たり得る。赤子は女児とはいえ、公主としてあらゆる権利を持っていたはずなのだ。

（頭が痛い……）

雲霞の美女らは、全員が体調を崩しており、治療が必要な状態だった。毎日開催されていた宴《うたげ》が絶えたせいで、ほとんど食事も運び込まれなくなっていたという。許可なく外に出れば殺されるという恐怖もあり、怯《おび》えながら暮らしていたそうだ。

「奥様、お酒でもいかがですか？　お疲れでございましょう？」

茉莉《まつり》が注いでくれた李《すもも》の酒を一口飲み、ふぅ、と息を吐く。

柔らかく甘い果実の香りが、心の強張《こわば》りを少しだけ解いてくれる。

「貴女《あなた》も一緒にどう？」

茉莉が嬉《うれ》しそうに「杯も持って参りますね」といそいそと扉へと向かっていった。

「ひぃ！」

扉を開けた途端、悲鳴を上げた茉莉が尻餅《しりもち》をついた。

何事かと思って立ち上がれば、そこに子照の姿がある。

（え……？）

白瓊は慌《あわ》てて、扉の前まで移動した。

茉莉は「ごゆっくりどうぞ」と言って、廊下を慌ただしく去っていく。

「子照……こ、婚儀はどうなさったのです？」

「廟での儀式は済ませた」

息を切らしているので、走ってきたのだろう。正装の金の袍のままだ。

――夫は、来なかった。

白瓊の婚儀の日、初夜の床《とこ》に照帝は現れなかった。

身じろぎもせず、過ごした夜のなんと長かったことか。

期待、不安、恐怖、諦観《ていかん》。

男は、妻に女の機能さえ備わっていれば、それだけで満足するのだと思っていた。

自分はそれさえ求められない。荷をひく機会のない馬に、生きている意味はあるのだろうか？　ずっとどこかから、問うてくる声が聞こえていた。

「すぐにお戻りになって。花嫁にとって、孤閨《こけい》ほど恐ろしいものはありません」

「望んだ婚姻《こんいん》ではない」

照帝の顔をしているが、彼は照帝ではない。けれど、自分との婚儀の時、この顔は、同じ言葉を発したろうか。――望んだ婚姻ではない、と。

「彼女の夫は、貴方《あなた》しかおりません」

ぎゅっと袍の袖《そで》を握る手が、震える。

恐ろしい。あの恐怖の一夜を、誰の身にも繰り返させてはならない。

「張貴人《ちょうきじん》の悲劇は、すべて照帝の寵愛《ちょうあい》に由来している。関わらないのが、彼女のためにもなるだろう。平和に生涯をまっとうできるようにはするつもりだ」

違う。そうではない。子照は、なにもわかっていない。

――夫に愛されぬ妻は不幸よ。女の幸せは、夫に愛されることにあるの。

母の声が、頭の中で響く。

「それでも――ここに来てはなりません！」

他人の身体《からだ》で、他人の妻と新床《にいどこ》で過ごしてくれと乞う罪深さに、無自覚ではない。だが、初夜を一人で過ごした自身の記憶が、身体を動かした。白瓊は渾身《こんしん》の力で子照の身体を、客間から押し出す。

バタン、と音を立て、扉は閉まった。

くるりと身体の向きを変え、扉を背にしてしゃがみこむ。

自分の心に起きた変化が、認めがたい。

(私たちは、正しい道を歩まねばならないのに)

子照は、暴君ではない。だから、後宮の女性を平等に愛するべきだ。

白瓊は、悪女ではない。だから、妃嬪《ひひん》らが子を産めるよう配慮せねばならない。

(私は……喜んでいた。子照が、私のところへ来たことに)

甫州《ほしゅう》の山奥で、子照は雪の中に跪《ひざまず》いてまで、後宮に戻ってくれと乞うた。

本来、他者に言うべきではない秘密を共有してまで、力を貸してくれ――と。

あの時、子照の目には、白瓊しか映っていなかった。

そして、白瓊の目にも。

帰った途端に現れた未来の寵姫を前に、白瓊の心は揺れた。情けないほどに。子照の目に、彼女はどのように映ったろう。考えただけで、腹の奥が熱くなった。妬《ねた》んではいけない。正しく生きねば。そう思っていたのに――

求められ、選ばれる陶酔は、酒よりも人を酔わせる。

自分の業の深さが恐ろしくさえなった。

のろのろと立ち上がり、丸い瓶子《へいし》に残っていた酒を飲む。

酒器と一緒に、瓶子ではなく小さな樽《たる》を手に戻ってきた茉莉は、肩を落としながらも「正しいご判断です」とうなずいていた。

「呑《の》みましょう、今日は酔いたい気分なの」

「喜んでおつきあいさせていただきます」

今、詩作をすれば、さぞ恨みがましい詩ができるだろう、と頭の隅《すみ》で思った記憶がある。

そして――翌朝のことだった。

長椅子の上で寝てしまった白瓊は、痛む頭を押さえつつ起き上がる。

起きたばかりらしい茉莉が、扉に向かっていくのが見えた。転がっている樽は空だ。相当な量を飲んでしまったらしい。

「ひぃ！」

悲鳴を上げた茉莉が、また尻餅をつく。昨夜と同じ流れだ。

（まさか）

廊下に出た。しかし、いない。

茉莉の視線をたどれば――いた。柱にもたれて正装のままの子照が寝ている。

いたのは廊下で、屋外でこそないが、今は冬だ。

子照の前に膝をつき、顔を覗《のぞ》き込む。見たところ、健康を害している風はない。

「どうして……ま、茉莉。白湯《さゆ》を持ってきて。それから足湯用の桶《おけ》を！」

そっと手に触れると、骨ばった手はひんやりと冷たい。

ぱちり、と子照が目を開いた。

少し薄い色の瞳に、白瓊が映っている。

現状を確認するように、辺りを見回してから、苦笑した。くしゃり、と少しだけ幼い表情で。

「うっかり眠ってしまった。……すまない」

「ずっとこちらに？　婚儀の席に戻るよう、お願いいたしましたのに！」

「行けなかった」

「どうして……」

「貴女が、泣いていたから」

泣いてなど、いなかった。少なくとも彼の前では。

しかし、酔いの波にたゆたいながら、涙をこぼした記憶はある。

白瓊は慎《つつ》ましさを忘れて、顔を歪《ゆが》めた。

「わ、私の涙など、どうでもいいことでございましょう？」

「我らは、人だ。心がある」

それは、禁句だと母に教えられた。

けれど、この人は、彼も、白瓊も、人だと言っている。

心を持った、人だと。

「……はい」

つ、と一筋涙がこぼれた。

白瓊にも、心がある。

夫に存在を無視されれば、傷つく。

己を頼る人が、別の誰かと同じ床に入るのは、苦しい。

彼は、ひどく当然のことを言っている。実際に、心はあるのだから。

「夫のふりをして、他人の妻と同衾《どうきん》するくらいなら、死を選ぶ」

「よしてください。そんな、恐ろしい話」

「私は、国を救うためにここへ来た。できることならなんでもする。雪の中、何日待たされたとしても構わない。毒を盛られた身体で生きねばならずとも挫《くじ》けはしない。だが、他人の妻と、夫のふりを通して同衾することだけは、できない」

できない。できるわけがない。そう彼が言うのは、痛いほど理解できた。

白瓊とて、後宮に戻る条件として、子照を夫と認めない、と伝えたくらいだ。

「……お気持ちは、わかりますが……」

「今いる妃嬪は、大切に守るつもりだ。……それ以上は強《し》いないでくれ。私が何者かを知る、貴女だけは」

子照の瞳が、まっすぐに白瓊を見つめていた。激昂《げっこう》するでもなく、静かに。

自分が押しつけようとしたものの残酷さを、自覚せざるを得ない。

「ごめんなさい。……私だけは、口にしてはならない言葉でした」

「謝らないでくれ。貴女も、我らの目的のためにしてくれた進言だ」

ゆっくりと、白瓊は首を横に振る。その拍子に、涙がまた落ちる。

「正しくあらねばと思うあまり、見失っておりました。貴方も、私も、人――なのですね」

「そうだ。人だ。私は、貴女を――大切な人を、泣かせたくなどない」

子照の手が、白瓊の頰《ほお》の涙をそっと拭《ぬぐ》う。

優しい微笑《ほほえ》みが、酒では溶かし切れなかった憂《うれ》いを癒《いや》してくれる。

しかし、安堵《あんど》は遠い。

(強いるべきではない。けれど……張貴人は、照帝陛下の子を授かっていたはずよ)

嫉妬《しっと》にかられた姚《よう》皇后は、張貴人を腹の子ごと殺したという。

越世遡行《えっせいそこう》において、反動を避けるのは鉄則。ならば、これは望ましくない選択なのではないのだろうか。

「でも……よろしいのですか？　その、お子が……」

「貴女は心配しなくていい。私の選択だ」

「わかりました。いずれにせよ、照帝陛下がご存命でも、状況はほとんど変わりませんね。私とて、崩御されるまでお顔を見ることもなかったでしょうし――あ……」

「どういう意味だ？」

「い、いいえ。なんでもありません。お気になさらず」

無視されていたことは、恥だ。

女としての役割さえ期待されていなかったとは知られたくない。

幸い、パタパタと侍女《じじょ》たちの足音が聞こえてきたので、話はそれきりになった。

白瓊は子照を客間に招き、白湯を飲ませ、足湯で身体を温めさせる。

朝の粥《かゆ》まで運ばせることになっては、もう言い訳もきかない。可馨との婚儀の日に、照帝が、皇后の部屋で一夜を明かしたように見えるだろう。

後宮という次代の皇帝を生み育てる場所の主《あるじ》として、相応《ふさわ》しからぬ行動だ。

（結局、嫉妬深い皇后の逸話を強化してしまったわ！）

白瓊は、子照を玄関まで見送りつつ、ため息をつく。

「やはり、このままでいいとは思えません。まず、張貴人とお食事を一緒になさってください。その後は、日を決めて妃嬪全員と。決して粗略には扱わぬと、皆に示していただきたいのです」

強い決心で伝えたところ、子照は寂し気な表情を見せた。

胸が、ちくりと痛む。

「そうだな。ここは、貴女が正しい」

寂し気な顔をしたまま、子照は背を向ける。

寵の偏《かたよ》りは、災《わざわ》いのもと。自分に向けられたものであろうと、甘んじてはならないのだ。譲れぬ一線があるのなら、他で補う必要がある。

(妃嬪の皆とは、仲良くやっていきたい。嫉妬深い皇后よりも、寵を独占しない皇后の方が正しいはずよ。私は、間違ってない)

間違ってはいない。けれど正解だと確信できないのは、子照の表情のせいだ。

「白瓊」

子照は背を向けたまま、首だけをわずかにこちらに向けた。

「……はい」

「私は、貴女を信じている。だから、自分の心を守る選択をしてほしい。それがどのようなものであっても、すべて受け入れるつもりだ」

言い終えてから、子照は迎えの輿《こし》に乗り、去っていった。

今の発言の真意が、白瓊にはわからない。

(どういう意味?　私には皇弟との不義の噂があったと言っていたし……反動を避けるために、意に沿わぬ不貞は働く必要はない……とでも言いたかったのかしら)

言われずとも、不貞などするつもりはさらさらない。避けられぬのであれば、坤社院《こんしゃいん》に逃げ込むつもりだ。――心を守るために。

（そうよ。坤社院に行けばいいのよ。坤社院へ）

子照の寂し気な様子が、刺《とげ》になって胸に刺さっている。そこから目をそらすのに、坤社院、坤社院、と祭文のように心で繰り返した。

あとは、書類仕事に没頭するに限る。それで不可解な感情は、概《おおむ》ね忘れられた。これまでと、同じように。

不在の間に放置されていた書類と格闘している間に、二日ほどが過ぎていた。

事務仕事が苦手なのは、太后《たいこう》だけでなく、文月《ぶんげつ》も秀麗《しゅうれい》も同じだ。文月は文字こそ読めるが、数字がわからない。秀麗が読めるのは、楽譜だけである。

後宮内の雑務のほぼ全般を、白瓊は担《にな》っている。明日からは、朝議の決議書も回ってくるようになるので、子照と共に目を通すつもりでいる。

白瓊は一日のほとんどを、蓮繍殿の書斎で過ごしていた。

扉の近くの机で書類と向き合っているのは、黒い袍を着た宦官たちである。つい先日まで紅袍の者と呼ばれていた彼らの謹慎を解き、通常の制服で働かせていた。

「意味がわからないわ。どうして紙一枚に五万環《かん》もかかるの……？」

「そりゃ、四万五千五百環分の中抜きがあるからですよ」

白瓊の独り言に、真面目に答えたのは猫児だ。裏金に詳しいと聞いて連れてきた。

紅袍の者は、暴君の手先として様々な悪事を働いてきただけあって、書類の誤魔化《ごまか》し方には詳しいらしい。

「限度があるわ。私の留守中に変更された契約は、全部もとに戻して。帳簿は、問題のないものと、問題のあるものに分けてちょうだい」

猫児の他に、鼠児《そじ》という名の宦官もいる。猫児の右腕で、遠縁だそうだ。猫と鼠と名は違えど、黒目がちの顔立ちは似ていて、どちらも猫顔だ。猫児が是非《ぜひ》にと連れてきただけあって、事務処理は速い。

トントン、と扉が鳴る。

茉莉が「郭貴妃《かくきひ》様と葛淑妃《かつしゅくひ》様がお見えです」と声をかけてきた。

可馨の婚儀から、二日。後宮内の朝の挨拶《あいさつ》が再開される日だ。

皇后の一日は、妃嬪らから挨拶を受けるところからはじまる。その後、妃嬪らを連れて太后のもとへと挨拶に行く。後宮で繰り返されてきた毎日の習慣だ。

「もうそんな時間なのね。――じゃあ、あとはお願い」

手に持っていた書類をいったん卓に置き、白瓊は客間へと移動した。

目の端で猫児たちが会釈をしていたが、顔に不満がある。白瓊の思惑をはかりかねているらしい。

「おはよう、二人とも」

客間にいた二人の妃が、サッと拱手《きょうしゅ》の礼を取る。

「おはようございます、姉上様。また、こうしてご挨拶できて嬉しいです」

最初に顔を上げたのは、白瓊より頭一つ分背の低い文月だ。

「おはようございます、姉上様。改めて、よろしくお願いいたします」

次に顔を上げたのは、白瓊より拳《こぶし》二つ分ほど背の高い秀麗である。

文月と秀麗は、東潔《とうけつ》派と西清《さいせい》派のそれぞれ末席の二氏出身だ。選ばれた理由は、白瓊と同じで、互いの派閥《はばつ》を刺激しないため、というだけである。実家に力はなく、存在も無視されてきたため、後宮内では影が薄い。

「こちらこそ、またよろしくね。困っていることがあったら、遠慮なく言ってちょうだい」

二人は、揃《そろ》って「「ありがとうございます」」と頭を下げる。

後宮において、影の薄い女はなににつけても損ばかりだ。墨《すみ》は切れたら切れっぱなし。茶も切れたら切れっぱなし。人手は万年足りず、彼女たちは一時期、庭の草むしりを自力でしていたそうだ。――いつ照帝が訪ねてきてもいいように。

妃らしい暮らしができるよう気を配ってきた白瓊がいない間、彼女たちもさぞ心細い思いをしたことだろう。太后は二人を毛嫌いしており、風当たりも強かったはずだ。

現状、二人の妃との関係は極めて良好だ。あとの問題は、新たな貴人である。後宮を正しく治めるためにも、張家の内乱を防ぐためにも、彼女と親しくするのは急務である。

しばらく待ったが、可馨は現れず、連絡もない。白瓊は「張貴人の殿の様子を見てきて」と女官に頼み、先に移動をはじめることにした。

(最初くらい、揃って挨拶に行きたかったのだけれど……婚儀の日のことで、傷つけてしまったかしら。よくないわよね、この流れ)

外には、日傘を持った宦官たちが待機している。

連れて歩く人の数は、位階によって決まるものだ。これまで白瓊は、簡略化させて茉莉だけを供にしていたが、帰還後は形式どおり十人に戻した。

仰々しいとは思うものの、これも救国計画の一環だ。

妃二人も簡略化に慣れていたせいか、五人ずつの供に気後れしている様子である。

「さぁ、行きましょう」

だが、今後は新しい日常を構築せねばならない。形は大事だ。

明るく声をかければ、二人とも「はい」と笑顔で応じた。

三人は、太后の殿がある西興苑《せいこうえん》へ向かって歩き出す。

文月が、静かに近づいてきて囁いた。

「姉上様。それで……あの噂、本当ですの？　皇上が、転んでお怪我をされた拍子に、その……別人のように変わられたというのは」

噂は望ましい速度で広がっているらしい。白瓊は、人差し指を唇にあて、

「内緒にね」

と囁き返した。そうした方が信憑《しんぴょう》性は増すだろう。

「皇上が直々に坤社院まで姉上様を迎えにいらした……というのも？」

「そうなの、驚いたわ。でも、本当よ。まるで――そう、別人みたいなのよ」

幸か不幸か、彼女たちは生前の照帝をほとんど知らない。

その死を知らぬまま、人生を終えてもらいたいところだ。夫の中身が別人に入れ替わっているなど、慎ましい女性に耐えられる情報ではない。

「皇上が変わられてよかった。あぁ、いえ、お怪我は困りますけれど。姉上様がいらっしゃらない間、本当に不安でしたの。太后様には叱られてばかりでしたし。いっそ、私も世を捨てようかとも思いましたが、父に止められてしまって。……姉上様がお戻りになって、本当によかった」

「大変だったわね。そういえば、あの――貴女の書いていた物語は進んだ？　郎君《ろうくん》と秋姫《しゅうき》は、再会できたのかしら？　茉莉と、よくその話をしていたのよ」

白瓊は笑顔で、文月に尋ねる。

文月は物語を書くのが好きで、時折作品を読ませてもらっていた。白瓊だけでなく、茉莉も彼女の物語を愛している。文月が書いているのは、運命に引き裂かれた、恋人たちの物語だ。題は『孤月想《こげつそう》』。彼女に乞われて、白瓊がつけた。

「姉上様がいなくなってから、筆がまったく乗らなくて。今度、殿にお邪魔してもよろしいですか？　お庭でお茶を飲みながらなら、書ける気がします」

「遊びにいらして。歓迎するわ」

文月は、嬉しそうにうなずいた。そこに秀麗も、笑顔で会話に入ってくる

「私もご一緒させてくださいませ。是非とも琴をお聴かせしたいわ」

秀麗は楽器が趣味で、日がな一日、古典から自作の曲まで、様々に演奏している人だ。夫に顧《かえり》みられない女に与えられた時間は、長い。

死ぬまで続く暇を、いかに生きるか。白瓊は、後宮を取り仕切ることで虚を満たしてきた。同じ境遇の、文月の物語を共に楽しみ、秀麗の楽にも称賛を惜しまず、互いに支え合ってきたつもりだ。

「まぁ、嬉しい。坤社院には音がないのよ。貴女の琴が恋しかったわ」

「姉上様がいなくて、琴を弾く気にもなれなくて。でも、早まって坤社院に向わなくてよかった。入れ違いになるところでしたもの」

秀麗が丸い眉を八の字に寄せ、おかしそうに笑う。

文月が「可馨様は、なにがお好きかしら」と、秀麗が「楽がお好きだといいけれど」とのんびりした声で話している。

――姚皇后は、嫉妬の末に腹の子ごと張貴人を殺す。

そんな恐ろしい未来も、その向こうに待つ張家の内乱も、絶対に避けたいところだ。

紅色の塀づたいに進み、太后の螺鈿殿《らでんでん》に到着する。

きゃ、と笑い声が、庭の方から聞こえてきた。

「あら、今日は庭の方にいらっしゃるみたいね。朝なのに珍しい」

太后の朝は、いつでも遅い。挨拶の時は、だいたい寝起きでうとうとしている。酒が残っていると、追い返される日もあった。

角を曲がると、庭の真新しい四阿《あずまや》に、女性が二人。

（なんて美しい人……）

目が、そちらに引きつけられる。緑の袍の太后は朝から酒を飲んでいて、その硝子《ガラス》の杯に酒を注いでいるのは桜色の袍の美しい女性だった。抜けるように白い肌は艶《つや》やかで、独特な形に整えられた蛾眉《がび》は、大きな目をいっそう際立たせていた。

絶世の美女。そんな言葉がよく似合う。

「まぁ、姉上様に報せもせずに、まっすぐ太后様のところへ来るなんて……」

文月が、ごく小さな声で憤《いきどお》っている。

たしかに皇后である白瓊への敬意が、十分とは思えぬ行動だ。

気にせず進めたいところだが、白瓊たちが整列しても、可馨は四阿から動かない。

このまま挨拶をすれば、皇后が、貴人に挨拶をすることになる。後宮内の序列を崩すことは、当然ながら望ましくはない。

（許すべき？　それとも咎《とが》めるべき？）

許せば、この場の軋轢《あつれき》だけは避けられる。しかし、秩序の再構築は難しい。咎めれば、最初の軋轢が発生する。

いかに振る舞うべきか悩みはしたが、答えは他になかった。

正しさを、失うわけにはいかない。

白瓊はまっすぐに可馨を見、口を開いた。

「可馨、列に並んでちょうだい。太后様に朝のご挨拶をするわ」

絶世の美女の大きな目は、酔いのせいか潤んでいる。美貌《びぼう》とは誰しもの心を乱すものなのか、先ほどから白瓊の心は落ち着かない。

その大きな目から、ぽろりと涙がこぼれたかと思うと、可馨はわっと泣き出した。

「申し訳ございません！　お許しください！」

さめざめと泣き出す様に、白瓊はぎょっとした。

秩序を守らんとした一言に、悪意など含めたつもりはない。

（これ、私が泣かせたみたいに見えない？）

その上、可馨は太后の横から動いておらず、問題はなにも解決していない。

「あら、やだ。新しく来たばかりの子なんだから、優しくしてあげてちょうだい。泣かせるなんて、かわいそうよ」

太后は、可馨の肩を持ちだした。嫌な流れだ。

彼女の婚儀の日に、照帝を殿に入れてしまった負い目がある。

その上、可馨をいびったとでも思われては、悪女の評はぐっと近づくだろう。

（いえ。それでも、曲げられないものはあるわ）

張家の反乱を防ぐためとはいえ、可馨に媚《こ》びるのは悪手だ。

白瓊は笑顔も消さず、太后に一礼した。

「申し訳ありません、太后様。久しぶりのご挨拶で、礼を失してはなるまいと力みが過ぎたようでございます。──ごめんなさいね、可馨。意地の悪い言い方をしてしまったかしら？　けれど、立つべき場所を誤《あやま》っていたら、それを指摘するのが私の立場なの。太后様への礼は、決して失してはならないわ」

笑顔のまま、白瓊は可馨に伝え「さぁ」と列に並ぶよううながした。

可馨は小さな声で「申し訳ありません」と謝罪し、列に並んだ。理屈の通じない相手ではないらしい。

やっと四人が揃って、太后に向かって挨拶をする。

「なんだか、急に賑やかになったわね。そうだ。近々、歓迎の宴をしましょうよ」

太后は、今の一幕を気に留めていないようだ。

ご機嫌に葡萄《ぶどう》酒を飲み、犬を撫《な》でている。

「では、その件はお任せください。あぁ、それと、太后様。公主様の件ですが――」

「知らない。好きにしたらいいわ」

太后の顔に鋭く不機嫌の色が浮かんだので、早々に退散することにした。

（公主様のことは、よく思っておられないようね。気をつけないと）

可馨は、ふいと背を向け、さっさと帰っていく。

ひらりと淡い色の袍が舞い、ちり、と簪《かんざし》の瓔珞《ようらく》が鳴った。

敬意を欠いた可馨の態度に、文月と秀麗は呆《あき》れ顔をしている。

「彼女、きっと緊張していたのね。もう少し慣れたら、打ち解けてくれるかしら」

白瓊は、可馨の態度に戸惑う二人を、笑顔で宥《なだ》めた。陰口《かげぐち》は、正しさとは遠い行動だ。

二人は「そうですわね」「最初は緊張いたしますね」と笑顔を取り戻している。

白瓊は、波乱の予感を気取らせぬようおしゃべりをしながら、殿へと戻った。

蓮繍殿に戻って書斎に入ると、猫児がニヤニヤと笑っていた。もう噂は耳に届いていたらしい。

「虎《とら》の威を借る狐《きつね》ってのは、嫌われるもんですからねぇ」

よりによって紅袍の者に言われるのは業腹《ごうはら》だが、安い挑発に乗る気はない。

「そうね、貴方の言うとおりだわ」

後宮を出るまでの三年九カ月と、これからの日常はまったく別物だと痛感することしきりだ。相手は書類だけでなく、生身の人間である。

「ひとまず、書類は分けておきましたよ。怪しいのが、そっちの山。怪しくないのが、こっちの山です」

猫児が、書類の山を二つ示す。

鼠児が「問題のないこちらは、書庫に戻しますね」と奥の方の山を抱える。

「待って」

書類を抱えた鼠児を止めれば、彼はびくりと身体を竦《すく》ませた。

「な、なんでございましょう。こちらは、決して怪しくは――」

「そちらの怪しくない方の山は、見逃してあげる。その代わり、頼みを聞いてちょうだい。一つには、太后様に流れる金の流れを調べることよ」

猫児と鼠児は、顔を見合わせている。

「な、なんのことでしょう」

にこり、と白瓊は笑んだ。

へらり、と猫児も笑う。

「――望天宮《ぼうてんきゅう》」

その猫児の顔色が、サッと変わった。

「なんのことやら……」

「旻州《びんしゅう》に離宮を建てる計画が進んでいるんでしょう？　隠しても無駄よ。調べたことを、すべてそのまま私に報告して。怪しいか怪しくないかは、こちらで判断するわ」

「どうなさるおつもりです？」

「建造計画を止めるのよ。もう一つは、これまでの――皇上がお怪我をされる前になさったことを、すべて、余さず報告してほしい」

動かなくなった鼠児に代わって、猫児が「はぁ？」とすっとんきょうな声を上げた。

茉莉が「無礼な！」と咎めるのを、白瓊は「いいの」と止める。

「さすがに、それは――できません。墓まで持っていくと決めています」

「報告を正確にしてくれたら、罪には問わない。その上で、紅袍の者に全員、年金つきでこの城を出させてあげるわ。それでどう？」

猫児だけでなく、鼠児も口をぽかんと開けている。

だが、すぐに疑いを含んだ卑屈な表情に変わった。

「それを餌《えさ》に……粛清、なさるおつもりですか？」

「粛清はしない。するのは贖罪《しょくざい》よ」

意味がわからない、と猫児は顔に出している。

「贖罪……？　な、なんの贖罪で？」

「今の皇上が悔いておられる過去の行いを、皇后の私が代わりに償《つぐな》うの。国を傾けかねない太后様の離宮計画も、止めさせていただくわ」

引き続き、意味がわからない、という顔を猫児はしている。

「本気で、おっしゃっているので……？」

「もちろん、本気よ。口を開けば罰さない。口を閉ざせば正しく罰するわ」

猫児と鼠児は、顔を見合わせたのち白瓊を見るのを、三度繰り返した。

「……二言はありませんね？」

「ないわ。年金の額は、これからの働きぶり次第よ。脅《おど》すつもりはないけれど、その、問、題ないい方の書類だけで、今すぐ首が飛ぶのは理解できるわね？」

むっと猫児の口が引き結ばれる。双子のように鼠児も同じ顔になっていた。

利害でしか動かぬ者たちだ。利害の計算の答えは、すぐに出たらしい。二人は、揃ってその場で叩頭《こうとう》しだした。

「これまでの数々の非礼、何卒《なにとぞ》お許しください」

風向きの変化を、彼らも感じ取っているようだ。

変わり身の早さは、彼らの弱さの証《あかし》。責めるつもりはない。

「今、この瞬間より過去のことは水に流すわ。一つ、助言をちょうだい。太后様は、どうしたら、離宮を諦《あきら》めてくださるかしら？　このまま進めては、国が傾くの」

猫児と鼠児は、揃ってがばりと顔を上げた。

「いつも太后様は飽いておられます。最近は、とみに。ですから、娯楽を提供できれば、そちらに夢中になって諦めてくださるでしょう」

「夢中になれる、目新しいものがあれば、興味も移ろうかと」

似たようなことを、二人は打ち合わせもなしに答えた。

白瓊も、同様の方針を予想していた。飽きっぽい太后が、十年、二十年かけて作る巨大な離宮に、いつまで情熱を傾けられるものか、と。

「ありがとう。貴重な意見だわ」

猫児と鼠児に仕事を続けるよう伝え、白瓊は書斎を出た。

夕食を共にしたい――と子照の使いから希望を伝えられた時、白瓊は少しだけ嫌な顔をしてしまった。
（子照は、今日可馨と食事をするはずだったのに。なにかあったのかしら）

作戦会議は必要だが、可馨——ひいては張家——との軋轢は少ない方がいい。

婚儀の件に、朝の小さな事件が重なり、今のところ白瓊の思惑からは外れたままだ。

夕になって殿を訪れた子照は、白瓊の顔を見ると、ふわりと笑んだ。

それを嬉しく思うと同時に、ちくり、と良心が痛む。

「今日は、こちらにいらっしゃる予定ではございませんでしたが」

「張貴人は、気鬱《きうつ》で寝込んでいるそうだ」

ここで事実を伝えるのは簡単だ。ありのままを話す自信がある。だが、自分の言葉で、子照が可馨を嫌うように仕向けるわけにはいかない。

その時、自分はまさしく嫉妬深い皇后になってしまう。

（私たちを目にも入れなかった照帝でさえ、彼女を愛したんだもの。子照だって、気持ちが変わるかもしれない）

白瓊は、曖昧《あいまい》に笑んで誤魔化した。

「朝の挨拶の時にお会いしましたが、少し緊張なさっていたようです」

「そうか。早く慣れてくれるといいが」

二人は、客間の横の餐堂《さんどう》へ移動する。食事が次々と、列をなす宦官らによって運ばれてきた。仰々しい食事。口には入らない食事。疲労が増すような気がしてくる。

最初の取り分けだけを終えたあと、人払いがされて、二人きりになった。

疲れを顔に出さぬよう努め、報告をはじめる。

「紅袍の者らを使って、離宮建造に関する金の流れを調査しております。それと……照帝陛下のこれまでの行いを、包み隠さず伝えるよう命じました。救国に直結はしないでしょうけれど、我らの姿勢が、余波による被害を防ぐかもしれません。……償いたいのです」

「必要なことだな。……いや、むしろ、私が貴女を迎えに行く前に済ませておくべきだった。報告が上がってきたら、私も一緒に聞いておきたい」

「つらい思いをなさることになります」

「いや、知らぬまま償うことはできない。できれば、救済の判断は、貴女の良心に任せたいのだ。いいだろうか」

「もちろんです。お任せください」

贖罪の道が見えたことで、小さな安堵を覚える。

やっと一口、青菜を口に入れることができた。

「貴女と違って、私の方はなにもできていない。……だが、後宮に戻ってみて、親政をはじめるにも、味方が要ると思うようになった。一人では、何事も成せぬ」

「たしかに、なにをするにも、耳目《じもく》や手足が必要でございますね」

暗君の耳はふさがれ、目も閉ざされてきた。それを望む者もいることだろう。

白瓊は眉間《みけん》にシワを寄せた。なかなかの難題だ。

「東潔派と西清派とは別の——貴女の父君が属する派閥を頼るのはどうだ？」

「玄冬派《げんとう》ですね。頼るのは良案ですが、諸刃《もろは》の剣です」

玄冬派の人数は少ないが、有能な人材が集まっており、頼もしい存在ではある。しかしながら、こちらが身内を登用させれば、専横、との批判は覚悟しなくてはならない。背に腹は代えられないとはいえ、手放しで歓迎できない案だ。

「そうだな。世の憎しみが貴女の家族に向けられるのは避けたい」

子照は食事をせず、舐《な》める程度に酒を飲んでいる。

飲んでいるのは、四角い瓶子に入った小麦の酒だ。

先日、甫州で食事をした時は、米の酒だけを飲んでいたというのに。

（人に怪しまれぬよう、好みを照帝陛下に寄せているのかしら）

小さな変化は気にかかったが、会話の流れで注意はそれた。

「そうですね。私の家族への嫌悪は、私への嫌悪に繋《つな》がるでしょうし……」

「だが、その一歩を踏み出さねば、何事も成せぬまま終わってしまう。なんとか、秘密裡《り》に、味方を得ておきたい。人に知られぬよう、慎重に……」

子照は、腕を組んで考え込んでいる。

酒を飲むのも忘れ、白瓊もしばし考え込む。そして、ぽん、と手を叩いた。

「私の兄に頼んでみましょう。長兄は郷州《ごうしゅう》に残って刺史《しし》をしておりますが、次兄の姚仲《ちゅう》瑾《きん》は蔵書府の文官でございます。兄から父の斉幹《さいかん》に伝われば、烏宗玄《うそうげん》に伝わったも同然。玄冬派との繋がりができるでしょう」

「できれば、直接会って話がしたい。衰《おとろ》えた目では、手紙のやり取りにも時間がかかりすぎる。いや、私の真意も、伝わらないだろう」

「そうですね。なにかよい方法があればいいのですが……」

白瓊も、いつの間にか腕を組んで考え込んでいた。慎《つつし》み深い女はしない格好だ。

(後宮から出られない子照と、兄上を会わせるのは簡単じゃないわ)

ふ、と頭に浮かんだのは、十三国時代の故事だ。

相続争いで命を狙われていた路《ろ》国の甲王《こうおう》は、あえて暗君を装い、雌伏《しふく》の時を過ごした。その間に、招いた芝居の一座に賢者を紛れ込ませ、大いに語らったという。

「――甲王にならうのはどうだろう」

まるで、自分の頭の中を読んだようなことを子照は言った。

「まぁ、奇遇ですこと。私もそれを考えておりました」

「芝居の一座とは言わない。後宮内に入ることのできるような……」

「ご安心ください。そのまま、芝居の一座でなんとかなります。北方で名のある家は、家ごとに劇団を持つのが嗜《たしな》みなのです。姚家の詩劇団を後宮に招きましょう。詩の作者は劇団の一員ですから、付き添いも不自然ではありません」

白瓊の提案に、子照の表情が明るく変化していく。

「なるほど。その詩劇の上演中に、密談が可能になるのだな」

「はい。折よく張貴人の歓迎の宴がございますから、その機を利用しましょう」

「それは良案だ。……光明が見えた気がする」

玄冬派との繋がりによって、悪法を止める道も見えてきた。

その道は、親政へ、そして救国へも続くことだろう。

「はい。一つ、前に進めそうですね」

「助かった。ありがとう、白瓊」

子照は安堵したのか、いつになくきちんと食事をしはじめた。

白瓊も勧められて、三口で終わらず、さらに二口ほど口に運ぶ。

食事のあと、子照は手ずから薬湯を淹《い》れてくれた。

独特な香りがする。恐る恐る口に含めば、ひどく苦い。思わず顔に出た。

「苦い……ですね。もしや、これも柯老師の薬湯ですか？」

「あ……あぁ、そうだ。柯老師の薬湯だ」

「よく効きそうです」

毒を看破した名医が煎《せん》じた薬ならば、苦みに耐えても飲むべきだろう。

「貴女はいつも顔色が悪い。この薬湯を飲めば、身体が温まって、深く眠れるはずだ」

言われてみれば、洪恩院《こうおんいん》を出てから、心が休まる暇がない。

眠りも浅く、様々な悪夢にうなされる日もあった。深い眠りという響きは魅力的だ。

「ありがたくいただきます。救国も長期戦ですもの。身体をいとわねばなりませんね」

「あぁ。貴女には、長生きをしてもらわねば困る」

「……長生き……ですか」

聞き流すべきだった、と口にしたあと気がついた。

人の生き死にについては、情報を渡さないのが最初の約束だ。

「すまない。今のは忘れてくれ」

自分の分の茶杯を置き、子照はすぐに帰っていった。

(未来を知っている人と話すのも、なかなか大変ね。でも、未来は変わるんだもの。気にしたってしょうがないわ)

ただ、その長生きに関わる薬湯に、彼は手をつけなかった。

まだ茶碗《ちゃわん》からは、湯気が立っているというのに。

「せっかくだから、茉莉が飲んだらいいわ。長生きしてほしいもの」

例によって、別室に移動しての食事の際に、白瓊は薬湯を茉莉に勧めた。

「苦い！　これは苦い。でも、なにやら効きそうです」

「よく効くはずよ。皇上づきの薬師《くすし》で、柯老師という方が煎じてくださったの」

「まぁ、陛下の愛の深いこと。では、ありがたくいただきます。私も長生きして、奥様のお子をお育てしとうございますから」

茉莉が、薬湯の苦みに眉をしかめたまま、いつにも増してしゃがれた声で笑うものだから、慌てて話を変えることにした。この話題は苦手だ。

「あぁ、そうそう。兄に頼んで、詩劇団を招くことにしたの。可馨の歓迎会のために」

「まぁ！　俗世ならではでございますね。楽しみですわ」

照帝が、蓬山第にこもるようになって数年。毎日宴を催《もよお》していたのは建物の中だけ。恒例の昂羊宮《こうようきゅう》という離宮で行われる宴も小規模に変更され、後宮内から参加するのは太后くらいのものだった。白瓊は手配の都合で顔を出したこともあるが、酒の一杯も飲んでいない。入宮したのちの宴といえば、節句に食事をする程度で、華やかな催しではなかった。

「少し、皆の気晴らしにもなったらいいわね」

人の不満をそらすものは、飯と歌だと言ったのは、十三国時代の常国《じょう》の撫養君《ぶようくん》だ。

娯楽の提供は、後宮の秩序を守るにも、ひと役買ってくれそうな気がする。

「気の早い話ですが、もし太后様に気に入っていただけたら、何度でも見られますわね」

「そうね。もし太后様が気に入ってくださったら――」

頭の中に、閃光《せんこう》が走った。

もし太后が詩劇を気に入ったなら、密談の場を頻繁《ひんぱん》に設けられるだけでなく、白瓊の評価も上がるだろう。発言に力が増せば、離宮計画頓挫《とんざ》への足掛かりにもなり得る。その上、皆の気晴らしにもなるのであれば、いいこと尽くめだ。

(それよ！　そこまで上手《うま》くは行かないだろうけれど、期待はしてしまうわね)

話をしている内に、気分も高揚してきた。

気持ちの軽さそのままに、箸《はし》も進む。今日の鴨《かも》肉は一際美味《おい》しい。

「奥様の息抜きにもなりますとよいのですが。お子を授かりますにも、気鬱はよろしくありませんもの。このところ、眉間のシワが……」

「あら、いやだ。気をつけないと。……そうね、私も、たまには楽しみが欲しいわ」

白瓊は、眉間に手を当て苦笑した。

(いい風が吹いている──気がする)

一筋の光明は、白瓊の心をも照らした。国を救う道が見える。

心が軽い。薬湯のお陰もあってか、その日、白瓊は夢も見ずに深く眠ることができたのだった。


姚家の詩劇団を招く件は、話の進みが速かった。

次兄の姚仲瑾に手紙を出した三日後には、日程の調整が行われ、十日後に蓬山第での公演が決まった。宮廷の行事というものは、申請から段取りまでとかく時間のかかるものだが、異例の速さだ。暴君の気まぐれが浸透していたお陰なのかもしれない。

子照は、こちらの提案どおりに妃嬪らと食事をしているらしい。朝の挨拶の時、文月や秀麗が「いらしたんです、本当に」と驚きながら言っていた。

戸惑いを隠せない様子ではあったが、概ね好意的な感触のようである。

二人の明るい表情にも励まされ、白瓊は寝る間を惜しんで働いた。

朝議の書類が回ってくれば、すぐに紫昴殿へと向かった。政治のわからない子照に解説をせずに、宮璽《きゅうじ》を捺《お》すことは避けている。国を救うためにも、彼には多くを学んでもらわねばならない。

そんな多忙な日々の中で、可馨の歓迎の宴の日がやってきた。

蓬山第は、照帝が好んでいたのか、あちこちに牡丹《ぼたん》の意匠が施《ほどこ》されている。名の印象とは裏腹に、華やかな建物だ。

池の上にある舞台には、すでに詩劇の準備が整っている。

書割《かきわり》には竹林が描かれているので、きっと十三国時代の賢六王の話だろう。

太后はじめ、白瓊たちは観覧席に就いている。悠然とした建物ではあるが、自分の楽しみだけを目的としていたせいか、席の数は少なく、存外狭い。

照帝が座っていたらしい一つだけ立派な椅子には、太后が腰かけていた。今日もまた衣装はきらびやかで、鮮やかな橙《だいだい》色だ。蝶《ちょう》を模した髪飾りもまた派手である。

「太后様。今日はどうぞお楽しみください」

白瓊が声をかけると、太后は鷹揚にうなずいた。

「貴女、少しも面白くない人だと思ってたけど、こんなこともできるのね。見直したわ」

その評に、白瓊は苦笑する。

これまでの白瓊ならば、思いつきもしなかった催しなのは確かだ。

「俗世を離れて気づきました。泣いても笑っても、人生はそう長くはありませんし、楽しまなければ損でございます」

この一言は、太后の心に適ったようで、嬉しそうに葡萄酒を飲みだした。

そこへ文月と秀麗も、いつになく華やかな装いで入ってくる。

最後に可馨が現れた。淡い曙《あけぼの》色の、ふんわりとした袍がよく似合っている。

相変わらず、その場にいるすべての人の視線を奪うほど美しい。

白瓊は「可馨。ゆっくり楽しんで」と声をかけてから、太后の横に腰を下ろした。

美しい人は、返事らしい返事もせずに黙っている。

その顔は強張っており、明確な拒絶を感じた。

(婚儀の日のことを、やっぱり気にしているのかしら。……それはそうよね)

この場で打ち解けることは諦め、芝居をはじめるよう合図を送る。

鼓《つづみ》が静かに鳴り、そこに笛の音《ね》が重なった。琴が鳴りだしたところで、舞台に役者が現れる。

――賢者と語らうに、千顧《せんこ》千秋《せんしゅう》を厭《いと》わず。

――願わくは我が師となりて、極星《きょくせい》のごとく導きたまえ。

詩劇では、故事の由来となった物語を、主催者が詩に起こす。今日の舞台であれば、兄が書いた詩が使われているはずだ。

（子照は、上手く兄上と話ができているかしら）

俗世を忘れ、詩の世界に没頭するのが詩劇の楽しみだが、今日ばかりは気もそぞろだ。

――古賢曰《いわ》く、黄金の棺《ひつぎ》は冥府《めいふ》の川に浮かばず。

――民の米を炊《かし》ぐ煙こそ、その身を救うものなり。

演目は『千顧竹林《せんこちくりん》』。洪恩院で、子照が引いた逸話だ。

横で、くあ、と太后が欠伸《あくび》をした。

（もしや、お気に召さなかった……？）

王が心を入れ替える見せ場はここからだ。文月と秀麗は食い入るように見ているが、太后はぼんやりと虚空《こくう》を見つつ、犬を撫でている。

「ねえ、白瓊。さっきのは、なんと言っていたの？」

「王が賢者に諫言《かんげん》され、自《みずか》らの行いを省《かえり》みるのです。王は浪費が――過ぎるので」

最後の方は、小声になった。

（兄上も、よりによって、なんでこんな演目になさったのかしら……）

浪費癖のある王に諫言する話など、どう考えても太后が喜ぶはずもない。

「ふぅん。そう」

気のない相槌《あいづち》から、太后が飽いているのは伝わってくる。

また欠伸をしたあとは、うとうととしだしていた。

（役者の出来もいいし、兄上の詩だって悪くない。……まずいのは演目の選択よ。これじゃあ、太后様の心をつかむなんて到底無理だわ）

打ち合わせの時間がなかったことが悔やまれる。

しかしながら、兄の選択の理由もわかるのだ。後宮に入る男性の役者は、邪心を起こさせぬよう若くない方が望ましい。内容にも品位が必要である。

王と宰相《さいしょう》が、よき国づくりを目指すところで詩劇は終わり、まばらな拍手が起きる。

それを合図に、観覧席に食事が運ばれてきた。

「やっと終わったのね。じゃあ、次は、うちの子たちに歌わせるわ」

太后は口直しとばかりに、お気に入りの宦官の二人組を舞台に立たせた。美声の持ち主で、姿もよく、舞台に映える。歌は春の訪れを望む、楽し気な歌だ。

詩劇の時とは違い、太后は満足そうに舞台を眺め、葡萄酒を呷《あお》っていた。

短い歌のあとには、先ほどより大きな拍手が起きる。

「太后様。素晴らしい歌を、ありがとうございました」

最後に、可馨は太后に感謝の言葉を述べた。愛らしい、鈴を転がしたような声で。

白瓊の存在など、まるでなかったかのように。

太后は「可馨、私の殿で飲み直しましょう」と可馨と連れ立って帰ってしまう。

白瓊と、文月と秀麗は、観覧席に残された。

（失敗した……完全に、失敗よ！）

子照と兄の密談の場は作れたものの、他の思惑はすべて空振りに終わってしまった。

肩を落としていると、詩劇団の団長が、不安そうに「皇后陛下、なにか不手際がございましたでしょうか？」と尋ねてくる。団長は、五十歳に近い壮年の役者だ。今日の舞台の主役なので、古代の賢者の扮装をしている。

「ご苦労様。貴方がたに落ち度はないわ。素晴らしかった」

「太后陛下のお気に召さなかったようで……」

「私は十分すぎるほど楽しんだわ。ありがとう。さ、皆で、これでお酒でも飲んで」

白瓊が用意した金貨の袋を、女官が手渡す。役者たちも、冷えた空気に気づいていないはずがない。

団長と「受け取れませぬ」「いい芝居だったわ」とやり取りをしていると、

「受け取っておきなさい。皆、よくやってくれた」

と言いながら、間に入ってきたのは、白瓊の兄の仲瑾だ。パッと顔が明るくなる。

「兄上。お久しゅうございます」

「白瓊。――いや、皇后陛下」

仲瑾は、丁寧に拱手の礼を示した。

次兄の彼とは、兄弟の中でも一番親しく、気兼ねなく話すことができる。

「許可は取ってありますので、皆を労《ねぎら》いとうございます。よろしいですか？」

「ありがたい。では、男たちは池の向こうに陣取るとしよう」

劇団の面々の、六割は男で、四割が女だ。

合図をすれば、宦官らが動き出し、池の向こう側に膳が運ばれていく。

準備を見守る態《てい》で、白瓊は仲瑾に話しかけた。

「皇上と、お話はできましたか？」

「あぁ。だが、まだ信じられない。大きな怪我をすると、人は正気を取り戻すのだろうか？　いや、病から回復されたのか？」

仲瑾の顔には、興奮の色が見える。

朝議にまったく参加しない照帝が、病弱であるとか、とてつもない暗君であるとの噂は囁かれていたらしい。実像を知らぬ仲瑾の不安を、密談は払拭してくれたようだ。

「病弱だったお方が、お怪我をきっかけに回復されたのです。まずは朝議に出られるよう、道筋をつけていただきたいと思っております。今後も私が傍《そば》でお支えしますので、大きな混乱は起こさせません。宮璽が玉璽《ぎょくじ》に戻るだけとお思いください」

これまで、白瓊が照帝に代わって政治を行ってきたことを、家族だけは知っている。

仲瑾は、妹の顔を見つめ、しっかりとうなずいた。

「ふむ……では、長く続く不調から回復された、ということだな――あぁ、お前たちも、酒を運ぶのを手伝ってくれるか？」

仲瑾は膳の差配をするふりをしつつ、腕を組んで考え込んでいる。

白瓊は「桃と梅のお酒は、観覧席にお願いね」と女官に声をかけた。

観覧席では、文月と秀麗が、女性の役者や楽士と楽しそうに会話をしていた。北方以外の地域では、貴族の女性が芝居の類《たぐい》に触れる機会は――風紀を乱すとかで――ほぼないそうだ。きっと珍しいのだろう。

「お力を貸してくださいませ。急な変化で、反発を招かぬようにしたいのです」

「今日のような機会が、今後もあれば助かるのだが……」

白瓊は、口をぐっと引き結んだ。太后の心をつかめていたら、話は違っていただろう。返す返すも惜しい。

「難しそうでございます。太后様は、詩劇はお好みではなくて」

「やはり失敗だったか。すまん、配慮が裏目に出た」

「私の方で、なんとか方法を考えてみます。……女の団員だけ、残してもらっても構いませんか？　郭貴妃と葛淑妃は、詩劇が気に入ったようですし」

「女だけならば、問題あるまい。私を何度も父の説教から救ってくれた、そなたの知恵は信頼している。良案を頼むぞ」

仲瑾は丁寧に拱手してから、池の向こうの男たちの宴席へと移動していった。

観覧席にとぼとぼと戻り、すでに盛り上がっている女たちの輪に入る。

「姉上様、今日は素晴らしい機会をありがとうございました！」

「とっても楽しゅうございました。夢のよう！」

文月と秀麗は、頬を染めて喜んでいる。

観覧席に戻ると、女官が酒を注いできた。その女官が小さく「ちっとも面白くなかったです」と呟《つぶや》くのを、聞き逃す白瓊ではなかった。

「どこが面白くなかったの？」

化粧が薄いのでとっさにわからなかったが、雲霞の美女の一人、狐顔の紅雲《こううん》である。

健康を取り戻した雲霞の美女たちには、女官として働いてもらっていた。

「差し出口を。申し訳ありません」

「いいの。面白くないと思った人が多かったのは事実よ。欲目もあるかもしれないけれど、舞台の出来自体は悪くなかったわ。姚家の劇団は、都でも有名だし――」

「じいさんがじいさんに説教する話が、面白いかっていう話ですよ」

ややくだけた口調で、紅雲が言った。

ぷっと何人かが噴き出したのがわかる。

白瓊が呆気《あっけ》にとられている間に、団員の古株である湘三娘《しょうさんじょう》が「たしかに面白くはないですね！」と笑いだす。

（私だって老人の話に興味は持たないわ。男性で、高齢で、知恵もある人たちの話は、昔話、譬《たと》え話、古《いにしえ》の聖者の逸話ばかりだと思ってしまうもの）

池の向こうに年配の役者らが集《つど》う様を見て、面白そうな話をしているとは、到底思えなかった。どう考えても、あちらよりこちらでする会話の方が面白いに決まっている。

「面白くない。……そうね、たしかに、そうだわ」

「妓楼《ぎろう》であんな芝居上演したら、店が潰れちまいます」

紅雲が「子守歌にはなるかもしれませんがね」と言いながら、白瓊が空けたばかりの酒杯に酒を注いだ。

白瓊が別の杯を渡して「どうぞ」と勧めれば、妓女らしい仕草で紅雲は杯を受けた。

「参考になるわ、紅雲。ちょうどいいから、貴女の仲間も呼びましょうよ」

「あら、それは嬉しい。――皆！　いらっしゃいよ！」

紅雲が招くと、近くにいた女官がパッと集まってきて、きゃ、と華やかな声を上げた。

薄化粧ではわかりにくいが、雲霞の美女たちだ。幸いにして、皆が体調を回復して、女官として働いている。——ただ一人、女児を産んだ輝雨を除いて。

美女たちは、酒と食事を楽しみつつ「老人の話は、つまらなかったわ」「もっと美しいものが見たかったのに」「曲も単調だったし」と思い思いに感想を言い出した。

そこに赤い顔をした秀麗が、

「で、でも、私は詩劇がとても好きです。別の世界に行ったような、夢見心地になれました。曲も素晴らしかったし……」

涙ぐみつつ訴える。酒が過ぎているようだ。

文月も「そうよね、面白かったわ！」と同意している。湘三娘は「ありがとうございます」と困り顔で礼を言った。

そう。出来はよかったのだ。だからこそ、悔しい。

「どんな舞台なら、太后様にも喜んでいただけたのかしら……どう思う？」

半分は、純粋な疑問。そして、半分は酔いの勢いだ。

酒と料理と、女だけの気楽さが、一同の口を軽くする。

「面白い話を見つけてこなくちゃ。古典でもいいですし……都で流行《はや》りの芝居でも……」

雲霞の美女の一人で狸《たぬき》顔の春霞《しゅんか》が、揚げ餅を持ったまま言うのに、白瓊は「面白い話……面白い話……」と独り言を言ったあと、「あ！」と声を上げた。

「『孤月想』！　私の知る物語の中で、一番面白いわ！」

急に話をふられた文月は「え！」と叫んでから、自分の口を押さえてさらに顔を赤くした。

「そんな、私の話など……」

「文月の話は、本当に面白いのよ。聞いて、皆」

白瓊は文月の許可を得てから、あらすじの説明をした。

天界に住まう恋人同士が、逢瀬《おうせ》にかまけて祭祀《さいし》を疎《おろそ》かにしたがために天の怒りを買う。二人は引き裂かれ、魂《たましい》だけを地上に落とされる。二人は何度も生まれ変わっては出会い、惹《ひ》かれ合うが、天の怒りは解けず、別れを繰り返す――というものだ。

満場一致で「面白い！」との評が下る。

「どうかしら、湘三娘。今の話で、舞台ができる？　いえ、すべてをお芝居にしなくていいの。抜粋した一部分だけで十分よ。詩は……詩は、私がなんとかする」

湘三娘は、うーん、とうなりながら考え込んでいる。

ただ、画《え》は見えているのだろう。なにかを確認するように、しきりと手を動かしていた。

その間に秀麗が、二胡《にこ》を出してきた。可馨に、歓迎の意を込めて聴かせるつもりだったのかもしれない。

「姉上様。詩を歌に乗せてみてはいかがです？　太后様は、歌がお好きですもの」

と美しい旋律を奏ではじめる。

雲霞の美女たちが、蓬山第の宿舎から楽器を運んできた。即興で曲が広がり、秀麗が「か、紙……筆……」と言い出したところ、文月がサッとそれらを差し出す。彼女はいつも筆記具を持ち歩いている。

白瓊の頭に、『孤月想』の場面が浮かんできた。二人が、竹林で互いを思いながら月を見上げる。そして偶然にも再会を果たすのだ。──敵対する二家の息子と、娘として。

「……独り佇《たたず》む幽篁《ゆうこう》の室……孤月に想う──愛《いと》しき人……」

白瓊の呟きに合わせて、紅雲が詩を曲に乗せて歌いだす。さすが妓女だ。横にいた雲霞の美女の一員だった春霞が「孤月に想う愛しき人」と声を重ねた。

美しい和音に、わっと拍手が起きる。

酒も入っているので、喝采《かっさい》に慎ましさは見えない。

その場の全員が、キラキラと目を輝かせて続きを待っている。「続きを！」「姉上様、もっと詩をお願いいたします！」とせがまれ、白瓊は「ちょっと待ってて」と観覧席から外に出た。

詩想を求めて、池の周りを歩きだす。

池の舞台の上に立ったところ、向こうから人が近づいてくるのが見えた。──子照だ。

白瓊は手振りまじりに「皇上よ！」と観覧席に報せる。

女たちは泡をくって酒器を隠し、食事を隠しだす。女同士で大いに飲み食いしているところなど、人に――まして皇帝に見られるわけにはいかない。

「白瓊！　貴女の知恵のお陰で、賢者と話すことができた。礼を言う」

幸い、子照は観覧席に背を向け、舞台の下手《しもて》側にいる白瓊に近づいてくる。

白瓊は上手《かみて》の方へと迎えに行った。まるで、芝居の一幕のように。

相想えども触れえず――そんな言葉が頭に浮かぶ。

いや、それは相愛の歌だ。自分たちは、違う。

「お役に立ててなによりです」

「詩劇は、どうだった？」

「出来はよかったのですが……太后様のお気に召さなかったようで。次はもっと気に入っていただけるよう、皆で知恵を出しあっていたところです」

「是非とも頼む。先日話した悪法は、すでに水面下で動いているらしい。止めねばならん。玄冬派と話し合う機会を作ってくれ。……貴女は、古の賢者のように、私を導く極星だ」

明るい笑顔は、ふだんの子照があまり見せない表情だ。

常にある憂いが、外の世との繋がりを得たことで晴れたのかもしれない。

その笑顔につられ、白瓊も笑んでいた。

「まぁ、大袈裟な」

子照は目が悪いはずだが、白瓊の笑みの程度に気づくのが速い。そして、自分も同じだけ、笑みを深める。

「心から、そう思っている。あぁ、多忙なところすまないが、明日の午後に時間をもらえないだろうか。相談したいことがある。多少着飾ってきてもらうと、我らの仲を示すのにも都合がいいだろう」

「わかりました。夫婦らしいところも見せませんとね」

「あぁ。詩劇団の皆に、十分な礼を伝えてくれ。あとは皆でゆっくり楽しむといい」

子照は、笑顔を残して去っていく。

頭を下げて見送り、顔を上げた時には、もう姿が見えなかった。足取りも軽かったのだろうか。

彼の笑顔を見ると、白瓊の心も和《やわ》らぐ。

過酷な運命を生きる彼が、少しでも長く笑顔で過ごしてくれればいいと心から思った。

笑顔。——その言葉に、ハッと息を呑む。

「笑顔で……笑顔！　それだわ！」

白瓊は、観覧席で頭を下げていた女たちのもとへ駆け戻った。

「ただ莞爾《かんじ》たるを望む——というのはどう？　遠く隔たっていても、結ばれなくても、ただ、相手の笑顔を願うの。——文月、私の解釈は間違っていない？」

「完璧です、姉上様。郎君と秋姫の切ない思い、そのままですわ！」

「それから……あぁ、そうだわ。二人が、交互に歌うのはどう？　交互に、切なく相手を思う歌を歌って、再会したあとは一緒に歌うの。今の紅雲と春霞みたいに」

湘三娘が「見えました！　それでいきましょう！」と演出案を紅雲たちに伝えはじめた。

その間、せっせと女たちは隠していた料理と酒を、卓の上へと戻していく。

「それにしても……皇上は、本当にお変わりになられたのですね」

二胡を抱えた秀麗が、こそりと囁く。

「そうね。お変わりになられたわ」

「さっきだって、姉上様がまた追放されるのではとビクビクしておりました。最近、お食事をご一緒させていただく時も、恐ろしくて……いろいろと噂も聞いておりましたし……」

「大丈夫よ。今日も、皆で楽しんでほしい、とおっしゃっていたわ」

予想外の気づかいだったのか、その場にいた全員がおかしな顔になった。

それから「別人のよう……」「よほどのお怪我だったのね」と口々に感想を述べていた。

湘三娘たちは、もう舞台の上に移動している。

背の高い紅雲が郎君を、小柄で細身な春霞が秋姫を演じることで決まったらしい。これならば、後宮の慎ましい女性にも邪心を抱かせないだろう。

「……ねぇ、この舞台、観桜《かんおう》の宴で披露できないかしら」

白瓊の思いつきに、きらりと全員の目が輝く。

観桜の宴は、今年、照帝即位以前の規模に戻すつもりだ。この素晴らしい催しを披露するに相応しい舞台ではないだろうか。

わっと拍手が起きた。「是非とも！」「まぁ、素晴らしい！」と賛成の声が上がる。

「では、湘三娘に、間を置かずに来てもらいましょう。詩は、私がなんとかするわ。――そうだ。次も兄に来てもらって『孤月想』は、兄の作ということにしましょう。兄はいろいろな国の物語にも詳しいから、斬新な芝居でも、人に驚かれはしないわ」

父兄の名を借りて作品を世に出すのは、慎ましい女の常套《じょうとう》手段だ。

その後は夕に解散になったが、後宮住まいの面々は、蓮繡殿に再び集まり話し合いという名の宴を続行した。

楽しくてたまらなかった。誰もが目を輝かせ、熱く語り合う。

夢中になる内に夜は明けていた。その日の朝日は、見たこともないほどに、明るく輝いているように思われた。

多少の仮眠を取ったのち、子照との約束の時間に合わせて仕度をしていると、猫顔の猫児が衣装部屋にひょっこりと入ってきた。

「おや、今日はいつになく華やかな装いで。逢引《あいびき》でございますか」

ニヤニヤと笑いながら軽口を叩くので、白瓊はムッと口をとがらせる。

手持ちの中では一番華やかな紅梅色の、花の刺繍《ししゅう》が入った袍を着ている。髪は伸びきってはいないが、一部を結んで簪もさしていた。いつもより華やかであるのは事実だ。

「放っておいて。……なんの用事？」

「ご主人様の寵愛の度合は、我らにとっては重要事項ですよ。――ひとまず、金の流れの報告書です。お見立てどおり、張伯飛《はくひ》様のご一族が活発に動いております。離宮建造は、柊帝《しゅうてい》陛下のご供養を目的として進めているようでございますね。こちらもお見立てどおり、祭祀費が流用されています。地方のあちこちで、寄付も募っているようです」

「やっぱり。どうりで、廟の蠟燭《ろうそく》や線香が少なかったわけだわ。金庫だって空だったし」

祭祀にかかる費用は、後宮の様々な支出の中でも額の大きなものだ。

裁量は白瓊に任されていたが、留守の間に太后が横流ししたのだろう。金庫に入っていた八千八百万環が、煙の如《ごと》く消えていた。蓬山第がもう一つ建つほどの額である。

（太后様と張家は、繋がっている。巨大離宮建造を主導するのが張家……となると、阻止すれば、太后様とも、張家とも対立することになってしまう）

内乱を防ぐには、張家との関係は保ちたい。しかしながら張家が主導する離宮計画は、潰さねばならない。両立は難しいだろう。これは今後の大きな課題だ。

「しかし、よくお気づきになられましたね。皇后陛下は、素晴らしい鼻をお持ちだ」

子照がいなければ、どちらも白瓊が知る由《よし》もなかった情報だ。白瓊は、肩を竦めるだけで、会話を終わらせた。

「引き続き、お願いね」

「承知いたしました。では、どうぞ逢引でお励みください」

とどめの軽口を叩いてから、猫児が下がっていった。

白瓊は、少し腕を上げて自分の袍を見、鏡を見、頬を赤くする。

「少し……張り切りすぎたかしら」

「なにをおっしゃるのです。このくらい当たり前でございますよ。よくお似合いです」

茉莉はそう言うが、一度そう思ってしまうと羞恥《しゅうち》が加速する。

「やっぱり、もう少し落ち着いた色がいいわ。いつもどおりの紺にしましょう」

「いいえ。奥様は、十分に控えめで、慎ましやかで、おとなしいお方ですから、着るものくらいは華やかにいたしませんと」

茉莉の声からは、焦りが感じられる。猫児が言うように、皇帝の寵は、仕える者にとっては重要事項なのだろう。

今も茉莉は、蟠桃《ばんとう》を待っているのかもしれない。

「わかった。じゃあ――このままでいいわ」

茉莉は、安堵した表情で仕度を続けた。

彼女の願いが叶う日は来ない。来てはならない。

妻が望んで許されるのは、夫からの愛だけで、夫ではない人の愛を望むのは、罪だ。たとえ誰に咎められずとも、己の心が許さない。

(私は、子照からの愛を望んでいるわけじゃない)

あくまでも、これは作戦の一環だ。そう言い聞かせなければ、心がもたない。

複雑な感情を持て余しながら、蓮繍殿を出る。

東佳苑《とうかえん》を出て、北芳苑《ほくほうえん》に入る。子照との待ち合わせ場所は蓬山第だ。

中央の池を迂回《うかい》する途中で――足が止まっていた。

――そこに、美しい人がいる。

牡丹の意匠の瀟洒《しょうしゃ》な四阿に、可馨の姿があった。その横には、子照も。

美男美女が揃う様は、一幅《いっぷく》の絵画のようである。

美しい、と思い、その感動と同じほど、心が傷ついた。

――姚皇后は、若く美しい張貴人に嫉妬し、腹の子ごと惨《むご》く殺した。

あり得ないと思っていたのは、甫州の山奥まで。実際に彼女を見た瞬間から、白瓊は冷静ではない。嫉妬の芽は、確実にこの胸の内に存在している。

白瓊の手は、自分の耳飾りに触れていた。

可馨は簡素な髪飾りをしているだけで、化粧をしている様子もなかった。恐らく散策の途中だったのだろう。まだ春は浅いというのに、ふんわりと淡い萌黄色《もえぎ》の、薄手の白い袍だけを身に着けている。それなのに、光り輝くばかりに美しい。

(嫌だわ、私ったら……話をするだけなのに、こんなに飾りたてて……)

耳飾りを取ってしまおうか。今から戻って着替えようか。

しかし、装いを恥ずかしく思うことの方が、よほどおかしいと考え直す。

(恥じる必要はないわ。彼の歓心を買うために装ったつもりはないもの)

池の水面まで落ちていた視線を、ぐいと上げる。

「子照」

心を奮い立たせ、あえて字《あざな》で呼んだ。皇上、とではなく。

四阿にいた子照が、こちらを見る。

「白瓊、来てくれたのか」

子照の顔がほころぶ。とても嬉しそうに。

それを喜ぶ気持ちが、ひどく醜《みにく》く思えた。

「お邪魔でしたか？」

「なにを言う。貴女を招いたのは私だ。――すまないが、皇后と話がしたい」

可馨は素直に一礼して――当然のように白瓊には礼をせず――去っていく。

「今のは、張貴人でございますね」

「彼女が張貴人か。後宮の女性は、声を発さないから、よくわからない」

「……お美しい方ですよ」

子照は、彼女が何者かも把握していなかったらしい。

やきもきしていた自分が恥ずかしくなって、眉が情けない形に下がった。

「そうだろうな。逸話が多く残っている。彼女の殿では、桜が花をつけるのを恥じらったそうだ。――今日は、わざわざ来てもらって悪かったな」

醜女《しこめ》の姚皇后は花を枯らし、薄幸の美女は花を恥じらわせた。逸話の差がひどい。

腹立ちを顔に出さず、白瓊は苦笑する。

「いいえ。お気になさらず――あら？」

小ぶりな四阿の卓の上に、書類がどんと積まれている。

書類の一番上に置いてあるのは、見慣れた兄の字が書かれた手紙だ。

「力を貸してくれ。私の目では、兄君から受け取った手紙を読むのに時間がかかりすぎる。付随《ふずい》して、調べるべき資料も集めさせたつもりだが、お手上げだ」

顔を見れば、クマが濃い。夜を徹して挑んだのかもしれない。

「すみません。兄の字はとても癖が強くて。当人は、竹を割ったような性格なのですが」

「心の清《すが》しい人だな。この手紙も、赤心《せきしん》のなせるわざだ。是非読んでおきたい。……すまないな。貴女が多忙なことは、理解しているのだが」

「どうぞ頼ってください。いくら私が悪女の汚名を免《まぬが》れても、国が滅びては元も子もありませんから。目を通しておきます。少しお休みになってはいかがです？」

「そういうわけにはいかない。ここで待つ」

白瓊は兄からの手紙を手に取り、座面に牡丹が彫られた椅子に腰を下ろす。椅子は二つきり。照帝が、お気に入りの妓女と過ごすための場所だったのだろうか。知る由もないが、趣味はいい。

パラパラと手紙をめくって、思わず顔をしかめる。

兄の字は、癖が強いだけでなく小さい。曰く、めくる手間が省けるとのことだ。

(今度、もっと大きな字で書くように伝えておかなくては。これは、目が疲れるわ)

手紙は、恐るべきことに三十余枚はある。頭痛がしてきた。

「張貴人といえば……姚皇后が、宴の折に衣装の色が被ったと激怒し、袍を切り裂いたという逸話があったな。断袍、と言えば女の嫉妬を指す」

「そのようなことを、私がするとも思えません」

「まったくだ。貴女がそのようなことをするわけがない」

絶世の美女に嫉妬を感じているのは、認めたくないが事実だ。だが、そこまで激しい感情表現は、するわけがない。したとしても、せいぜい自棄《やけ》酒を飲むくらいのものだろう。

だが——可馨はどうだろうか。

（私が彼女を意識している以上に、可馨は私を嫌っている）

攻撃的な彼女の態度からは、悪意がにじみ出ている。こちらが多少慎重になったところで、衝突は避けられないようにも思えた。

「もちろん、するつもりはありませんが……」

「貴女は、悪女などではない。人の心のわかる、聡明な人だ」

なんと答えるべきか、しばし迷った。

「……子照の信頼に、値《あたい》する人でいたいと思います」

迷いに迷って、その言葉を口に乗せた時、もう子照は柱に寄りかかって眠っていた。急な睡魔にでも襲われたらしい。

いつも青い顔で、食事もできず、眠れず、自身の使命と闘っている人だ。わずかな時間でも、休息してもらいたい。せめて自分といる時間くらいは。

ふ、と微笑みを浮かべ、手紙に目を戻す。

その内、白瓊も時間を忘れていた。

「──仙羽《せんう》の花が……」

子照が呟き、そちらを見た途端にぱちりと目を開く。

「おはようございます。よくお休みでした」

「あぁ……すまない。転寝《うたたね》していたらしい。仙羽の花のにおいで目が覚めた」

顔を上げて、ゆっくりと首を動かす。

この庭には、仙羽の花があるらしい。疲れた目をこらして庭を見ていると、淡い桃色の花を見つけた。北方にはないが、太后の螺鈿殿の池の端にあるので、身近に感じる花だ。

「あぁ、あちらにありました。よく香りだけでお気づきになりますね」

「仙羽は薬用にするから、わかる」

朝から晩まで酒を飲んでいた照帝が、薬草のことなど知るはずもない。これは中身の方の知識なのだろう。

「お詳しいのですね」

「いや、ただ聞きかじっただけのことだ。知識と呼べるようなものではない」

「左様でございましたか。さ、子照がお休みの間に、目を通しておきました。関連する資料にも、該当《がいとう》する箇所に目印をつけておいています」

目印にするために、瓔珞のついた簪を、丁寧に拭いてからはさんでおいた。

白瓊は、ざっくりと手紙の内容を話す。

次兄は、国を憂い、派閥による政治の停滞を嘆いていた。

最も行を割いていたのは、地方政治の腐敗による、国境警備の弱体化についてだ。

「私が、止めねばならないと言ってきた悪法は、百姓《ひゃくせい》動員法と呼ばれている。これまでと違い、国が主導する木工事に動員できる民の範囲を大幅に広げるものだ。この法の施行がなければ、離宮建造で千人もの死者は出なかったろう。罰則はとてつもなく重く、壮健な男子が、罪とも呼べぬ罪で手足を失うこともしばしばあった。男子を奪われた村々では、田畑が荒れ、子の数は減ってしまった。わずか十数年で、国軍の数も二割減じている。まさに、国を滅ぼす悪法だ。……私の知る未来では、姚家が推し進めたことにされていたが、これはまったくの誤解であったようだ。悪法を進めているのは、張伯飛だった」

離宮建造、悪法の制定、内乱。

これらすべてが張家によるものであったということだ。

「疑いが晴れて幸いです。そのような悪法は、容認できません。父も、兄も同じでしょう」

「今後は、張家への刺激は極力避けながら、離宮と悪法を止めていくしかあるまい」

内乱の火種は、姚皇后による張貴人の殺害だ。

あちらに、大義名分を与えてはならない。

「左様でございますね。張貴人との仲を保ちつつ、太后様を張家と離宮から引き離す。その方向で進めたいと思います。では、私はこれで。太后様を夢中にさせる芝居の打ち合わせをしなくては」

「あぁ。今日は世話になったな。殿まで送らせてくれ」

白瓊が立ち上がると、子照も続いた。

目の悪い子照に送らせるのもどうかとは思ったが、夫婦が揃って歩く姿を人に見せるのは、今後のためにも必要だと思える。

「せっかくですから、花の前を通りましょうか」

二人で、池の端の庭を歩く。たしかにほんのりと仙羽の香りがした。

並んで歩く間、会話はほとんどなかった。

蓮繡殿の前に来て「輝雨の体調が、芳《かんば》しくない。面会はまだ待ってほしいと柯老師が言っていた」と子照が伝える。名医がそう言うのであれば、任せる他ない。

柯老師は人前に出ることを嫌うらしく、白瓊は姿を見たことが一度もなかった。

「そうですか。……一日も早い回復を祈ります」

「あぁ。私もそう祈っている。――では、また」

今日、子照が食事をするのは別の妃のところだ。明日も違う。明後日も。

見送る背に対して、どんな感情を持っていいのか、いつも白瓊は迷っている。今日もだ。

――三日後の朝、書類にはさんでいた簪が戻ってきた。

別の、華やかな紅玉の簪と共に。さらに、鮮やかな牡丹色や、薔薇《ばら》色の袍まで添えられていた。そこに一筆『目立つので助かる』とある。

書類の目印が役に立った礼でもあり、目の悪い彼には袍の鮮やかさが見つけやすいという意味も兼ねているようだ。それを好ましい、と思う気持ちも。

紅梅の袍に懲《こ》りて、紺の袍ばかり着ていた白瓊だが、これは無碍《むげ》には扱えない。

きらりと輝く簪の、桜を模した金の飾りと紅玉のなんと華やかなことか。

知らず、頰には笑みが浮かんでいた。

「今日の夕食の時は、いただいた袍を着るわ」

茉莉は、白瓊以上に喜んでいて、目には涙まで浮かべていた。

不貞ではない。これは、共に戦う同志への、激励のようなものだ。

白瓊は、礼の手紙をしたため、他の妃嬪らにも贈り物をするよう助言を添えておいた。

すると後ろめたさは多少和らぎ、改めて見た袍の鮮やかさを、心から楽しむことができたのだった。


このところ、蓮繍殿は人の出入りが多い。

詩劇改め、歌劇と名をつけた舞台の打ち合わせが、連日行われているからだ。

最初は短い一曲だけだったはずが、二曲になり、三曲になり、前後の芝居も充実してきた。詩劇団の指導もあって、ただの座興とは言えない立派な舞台に育ちつつある。

ここに猫児たち元紅袍の者も出入りするものだから、一日中賑やかだ。

「どうでしょう？　白瓊様！」

書斎で書類仕事をしているところに、現れたのは雲霞の美女たちだ。

皆が、舞台用の化粧を施している。実に美しい。

「まぁ！　紅雲なの？　見惚《みと》れてしまいそう！」

男役の化粧を施した紅雲の姿に、白瓊は驚きの声を上げた。

美しい。元が美女であるからか、線の細さも、艶《なま》めかしさも同居した、不思議な魅力を備えた美貌の青年に仕上がっている。

紅雲は得意げに、くるりとその場で回り、舞いの型を取った。いつもと違い、仕草も男性的だ。

「まぁ、見ていてください。もう太后様に欠伸はさせません」

紅雲の横にいるのは、これもまた美形の青年だ。白瓊が首を傾《かし》げていると「淡霧《たんむ》です」と名乗ってくれた。化粧と立ち居振る舞いのせいで、女性とは一見しただけではわからない。彼女は郎君と、秋姫を巡って争う仇《かたき》役を演じるという。

「頼もしいわ。本当に素敵。皆が夢中になるわよ、絶対に！」

その美しい二人が目配せすると、その場にいた数人が揃って床に膝をつきだした。

白瓊は「どうしたの？」と目を丸くする。

「皇后陛下は、命の恩人です。我らに生きる道をくださり、仲間を救ってくださいました。生涯、このご恩は忘れません。泡沫《ほうまつ》のごとき身なれば、泡の大きさ、上下にことさらこだわり、貴《とうと》ぶべきお方への態度を誤っておりました。心よりお詫《わ》びいたします」

真摯《しんし》な言葉に、胸をうたれる。

白瓊は、紅雲の前に膝をついた。

「過ちだと言ってくれるなら、それ以上のものは求めないわ。私の意地のために、協力をしてもらって、今は本当に感謝しているの」

「本当の目的は、なんなのでしょう？」

紅雲が、顔を上げた。

ひたと目が合った。目の奥に、こちらの心を見透かすような鋭さがある。

今後のことを考えれば、彼女たちにも一定の情報を与えるべきだ、と白瓊は判断した。

「正直に言うと、太后様のとんでもない浪費を止めたいの。国が傾くほどの計画を、お芝居に夢中にさせて阻止するつもりよ。協力してほしい。もちろん年金は保証するわ」

頭を下げていた妓女たちが、ぱっと顔を上げた。その頰が、バラ色に染まっている。

「身を粉《こ》にしても、最高の舞台を作り上げてご覧にいれます。ご期待ください」

最後に深く一礼して、雲霞の美女たちは客間を出ていった。

「姉上様、台詞《せりふ》の最終確認をお願いします！」

「姉上様、曲が完成いたしました。練習に入ります！」

文月と秀麗が、ほぼ同時に客間に入ってくる。

二人とも、目の下のクマが濃い。

「まぁ、二人ともなんて仕事が早いの！　でも、まず少し休憩しましょう。根をつめすぎよ。眠れている？　あぁ、いい薬湯があるわ」

白瓊は茉莉に頼んで、子照から贈られた柯老師の薬湯を淹れてもらった。

独特な香りが、客間に漂い出す。

「いけませんね。つい時間を忘れてしまって……苦い！　苦いですね、この薬湯！」

文月が、ほんの一口飲んだだけで音を上げた。

「本当に。こんなに夢中になれたことなんて、はじめて……まぁ！　苦い！」

秀麗も、一口で音を上げる。

白瓊は苦笑しつつ「よく効くのよ」と苦い薬湯を擁護《ようご》した。

「ありがとう、二人とも。こんなに待ち遠しい観桜の宴ははじめてよ。きっと素晴らしい舞台になるはずよ。皆が夢中になるわ。こんな面白くて、キラキラ輝いている歌劇だもの。

──あぁ、とてもいいわね。この掛け合いのところ、迫力が増したわ」

白瓊は、文月から受け取った台詞を見て「最高よ」とつけ足した。

「ありがとうございます、姉上様。こんな日が来るなんて、夢のようです」

嬉しそうに笑んだつもりなのだろうが、文月は、薬湯のせいで困り顔だ。

「秀麗。曲は貴女の演奏で聴きたいわ。いい？」

「喜んで。腕がなりますわ！」

秀麗も、苦さに負けて困り顔だ。

それが可笑《おか》しくて、三人で声を上げて笑った。

ほんの三カ月前までは、想像できなかった状況だ。

三人で苦い薬湯を飲みながら歌劇の話をしていると、書斎の外にいた茉莉が、白瓊の耳元に「照帝陛下がお見えです」と囁いた。

白瓊は二人に断りを入れてから、中庭に出た。

子照が胸に、白い布に包まれた赤子を抱いて立っている。

青ざめた顔とその表情から、告げられる内容の想像がついた。

「白瓊。輝雨から最期の願いを託された。……一緒に、廟へ行ってもらえまいか」

昨夜から、危ういとは聞いていたのだ。

輝雨は、赤子を、照帝と白瓊の子として育ててほしい、と頼んだのだろう。妃嬪以下の位階であった場合、子を皇后の子とするのは慣例だ。ただ、長く陋屋《ろうおく》に閉じ込められ、存在をなかったことにされていた輝雨にとっては、切願であったに違いない。

「はい。……私が抱いていきましょう」

白瓊は、子照から赤子を受け取った。

生まれてたった十七年。色街で働き、皇帝に攫《さら》われ、子を孕《はら》み、産み、虐《しいた》げられて、死んでいく。そんな彼女の思いに、今すぐ応《こた》えたい。それが、精一杯の贖罪だ。

輝雨とは面会できずにいたが、赤子の様子は毎日見に行っている。やつれていた頬は、日に日にふっくらとしてきて、健やかさを取り戻しつつあった。

二人は、大聖廟へと向かう。

庭の屋根のある廊下を歩き、廟の中へ入るまではこらえたが、灰壺の前に立った途端、涙が溢《あふ》れてきた。

（どうして……陛下は、ご自身の子にこれほど酷《ひど》いことができたの？　世に暴君は多くとも、我が子くらいは愛するものだわ）

一国の皇帝の第一子。本来ならば、恩赦《おんしゃ》が行われるような慶事のはずだ。なぜ、血の繋がった我が子を、そこまで憎まねばならなかったのだろう。

「名は、貴女につけてもらいたいと輝雨は望んでいた」

生まれたばかりの赤子には、名がない。名を授かるのは、生後一カ月ほどを経《へ》て、廟に赤子を披露したのちのこと。名づける者が、親になる。

「玉鈴《ぎょくりん》……にいたします。よろしいですか？」

「……よい名だ」

皇族の名は、代によって用いる字の属性が決まる。親が火にまつわる名であった場合、子の代は金にまつわる字を用いねばならない。

名をつけてほしい、とは、以前から雲霞の美女たちからも頼まれていた。

雲のようでも、霞《かすみ》のようでもない、丈夫で長生きのできそうな名にしてほしい、と。

腕の中で寝ていた玉鈴が、名に応えるようにふにゃあ、と泣き出す。

白瓊は一度外に出て、待機していた乳母《うば》に玉鈴を預けた。

戻ったあとは、照帝の生母の位牌《いはい》にも手を合わせる。

「これで、私たちはあの子の親になったのだな」

「はい。大切に育てます」

横に並ぶ、子照の横顔を見上げる。

子照の目は、位牌に注がれたまま動かない。

「私は、あの子が心から愛おしい。守ってやりたい。腹の奥から湧き上がってくるような、とても、強い感情だ。……同族でもない赤子を、愛おしいと思ったことなど、これまで一度もなかったというのに」

同族、というのは、子照が話していた自身の属する一族のことなのだろう。

これまでの会話から、彼が、一族とそうではない人を明確に分けている印象はあった。

今日はいっそう、それを強く感じる。

「それは……私とて、腹を痛めておらずとも、愛おしく思っていますし――」

「……これは、私の感情ではない」

一族以外の赤子を愛しく思ったことのない子照が、玉鈴を愛おしいと思う。

つまり、自分ではなく照帝の感情だ、と言っているのだ。

「魂は、貴方のものなのですよね？　今喋《しゃべ》っているのは、子照なのでしょう？」

「桃が――」

「桃？」

照帝は、蟠桃を女に贈り、褥《しとね》に招く合図としたという。

白瓊は、ついぞ得られなかった蟠桃。

彼の口からこぼれた果実の名に、情けないほど心がざわめいている。

「桃が、無性に食べたくなるのだ。私は、梅以外の果実を好んだことはないのに。酒も、米の酒しか好まなかったものが、今は自然と麦の酒を選んでいる。――このまま器《うつわ》に引きずられれば、舌の好みに留まらず、おぞましい悪行にさえ手を染めてしまうのではないだろうか。照帝がしてきたことを、貴女もよく知っているはずだ」

紅袍の者と、雲霞の美女たちから、白瓊は数々の報告を受けている。

紙面に書かれたものを、白瓊は子照の前で読み上げもした。

一つ一つ、身体を切りつけられるような痛みを伴ったが、本当に苦しんだのは、命を失った人々の方だ。

意に染まぬ薬を出した薬師は、逆さ吊りにして殺された。

まずい料理を出した料理人は、身体を切り刻まれて殺された。

葡萄酒を切らした宦官は、酒樽に漬けられて殺された。

白瓊が入宮する一年ほど前から、特に様子がおかしくなったと聞いている。恐るべきことに、月に一度程度は、理不尽に人が殺されていたのだ。酔った勢いで村を焼かせたのも事実であった。

雲霞の美女たちは、色街に行く度、気まぐれに攫っていたらしい。

色街では、お忍びでやってくる照帝を警戒し、妓女に華やかな衣装を禁じたそうだ。取り分け紅色がまずいとのことで、黒、紺、灰しか着れぬようになったとか。

そうして連れられてきた美女たちの内、輝雨より以前に、照帝の子を宿した美女の一人は、腹が目立ってきた頃に胎児《たいじ》諸共殺されたそうだ。

「貴方は、照帝陛下とは違うわ。あんな惨い真似、貴方がするわけがない」

「わからない。もし、私が暴君になったとしたら――」

「子照、よして」

「貴女が、私を殺してくれ」

――姚皇后が、照帝を殺す。

来るはずのない未来の図が、稲妻のように頭に浮かぶ。

「恐ろしいことを言わないで。貴方は貴方よ」

白瓊は、子照の袍の袖をつかんだ。

ゆっくりと、子照がこちらを見、その目に浮かぶ怯えに胸を衝《つ》かれる。

「私が、私でいる自信がない」

自身の死を経て、他人の身体に入って運命を変える。それは想像を絶する孤独だ。ましてて途中で道を見失ったとあれば、絶海の孤島に一人生きるのと変わらない。

彼を、守りたい。

白瓊の身体は、自然と動いていた。

子照の頰を両側から手で包み、彼が目をそらそうとするのを許さなかった。

「私を見て」

「……白瓊……」

顔が、近づく。

互いの目の中に、互いと、揺れる蠟燭だけが映っていた。

「私を、疎ましく思う？　目にも入れたくないほど、私は醜い？」

「なにを言う。そんなわけはないだろう」

「私は、照帝陛下に召されたことが一度もないの。婚儀の日、布越しに姿を見ただけ。初夜にも来なかった。……貴方は、私を疎ましく思う？　皇上のように」

驚きに、子照の目が見開かれる。

白瓊の手に、子照の大きな手が重なった。

「馬鹿《ばか》な。貴女のような人が、どうして……」

「わからない。布越しにもわかるほど醜かったか――」

頬に当てていた手が、ふっとはずされ、ぐいと引き寄せられる。

ぎゅっと強く、白瓊の身体は抱きしめられていた。

「貴女は、美しい。美しく、賢く……そして、強い。深い優しさを持った人だ。国を救わんとする、清い志《こころざし》も持っている。そんな人を軽んじるのは、愚《おろ》かだ。――照帝は、あまりに愚かだ」

「そう思うのなら、貴方は皇上とは違う人よ」

たったそれだけを言うために、思わぬ痛手を被《こうむ》ってしまった。

心が、鈍く痛い。

白瓊は子照の背をそっと撫でようとしたが、逆に背を撫でられた。慰《なぐさ》めるつもりが、かえって慰められている。

「そうか。貴女を愛おしく思う気持ちだけは、私だけのものなのだな」

彼からの好意は、最初から感じていた。

目をそらし続けてきたが、今、彼ははっきりと口に出している。

「ええ、そうよ。貴方だけのもの」

白瓊も、それを認めた。

彼には錨《いかり》が必要なのだ。孤舟《こしゅう》が大海を渡るにも、休息は要る。

（私が、彼の錨になる）

国を救うためだと、己に言い聞かせる必要はなかった。溺《おぼ》れかけている人を助けるのに、大義名分など不要だからだ。

しばらくそうして、身を寄せ合うように抱きしめ合っていた。

身体の熱が、馴染《なじ》んでいくのがわかる。

引いたはずの線の向こう側だ。引き返さねばならない。

身体を一歩分だけ離せば、やっと熱は引いていった。

「貴女に、頼みがある」

「……はい」

白瓊は気持ちを切り替え、蠟燭の灯《あか》りが揺れる子照の瞳を見つめた。

「姚皇后には、二人の子があった――と伝わっている。今の状況から推測するに、貴女の実子ではなかったようだ。第一子は女児。玉鈴のことなのだろう」

「子供……そうですね。他に、考えられません」

白瓊が、照帝の子を産む可能性は皆無だ。

第一子に相当するのは、我が子として引き取る公主以外に考えられない。

「反動を避けるため、遡行した世の変化は最低限にすべきだ。壮士《そうし》は、ただ一つの目的のために動かねばならない。枝葉の小さな変化が、大きな目的の達成を妨《さまた》げるかもしれないからだ。──だが、私はそれを変えたい。姚皇后の娘は、生後間もなく亡くなる。……殺したのは、母親の姚皇后だ」

「え──」

白瓊は、両手で自分の口を押さえていた。

内容にももちろん驚いたが、人の生き死にに関する情報は制限されていたはずだからだ。今、子照は則《のり》を超えた。白瓊との間の線を、越えたように。

「貴女が、玉鈴を殺すはずがない。ならば、何者かがそれをする可能性がある。……あの子を助けたい。手を貸してくれ。起きる反動の責は、私が取る」

「もちろんです。なんでもいたします。国を守り、民を守るべき人が、赤子一人守れぬはずがありません。貴方は照帝ではないのですから。そうですよ。照帝ではないのです。輝雨と玉鈴を殺しもせず、こうして守ろうとしているのは、貴方が貴方だからではありませんか。自信を持ってください」

子照の手が、白瓊の簪にそっと触れる。

「そうだな。私は、照帝とは違う」

ちり、と揺れる玉が触れあう音がする。鈴に似た音がした。

駄目だ。子照の思いを認めるのと、受け入れるのとは、似ているが、別だ。

「ええ、違います。……貴方は、私の夫ではありません」

夫ではない、と改めて告げるのが、白瓊が新たに引いた線だ。

白瓊は、逃げるように廟を飛び出していた。

——夫ではない。

——夫だったらよかったのに。

廊下を走りぬけ、そこで歩調を戻した。

正しくありたい。皇后として、あくまでも正しく。

輝雨が儚《はかな》く十七歳の生涯を終えたのは翌日のことで、玉鈴公主は正式に白瓊の養女となった。

第三話 花咲ける昴羊宮

波乱の冬が過ぎ、春がはじまっている。

白瓊《はくけい》の多忙は、いよいよ極まっていた。離宮で行われる観桜《かんおう》の宴《うたげ》が、迫っているためだ。かつての規模に戻すのは、これまでの何倍もの労力が要った。

歌劇の練習も佳境で、蓮繍殿《れんしゅうでん》の中は相変わらず賑やかである。

「十日近くも玉鈴《ぎょくりん》と離れるなんて、寂しいわ」

玉鈴は、日々すくすくと育っている。腕に抱けば、みっしりと重い。

さかんに腕を動かす様に、白瓊は相好《そうごう》を崩した。

乳母《うば》と養育係の他に、見張りは常の十倍置き、蓮繍殿は厳重に守られている。

「まぁ、奥様ったら。出発まで四日もありますのに」

「することが山ほどあるんですもの。一日中、この子と一緒にいられたらいいのに」

玉鈴の小さな手が、白瓊の晴れやかな水色の袍《ほう》に触れる。

今日は、特別な一日だ。柊帝《しゅうてい》の没後、生まれてすぐに亡くなった柴太后《さいたいこう》唯一の実子の命日だからである。七花《しちか》の節句という行事の当日であったため、後宮では双方を併せた行事に変化していた。

七花の節句は、もともとは春の訪れを祝う行事だ。

集まる家族が、それぞれに色鮮やかな袍を着て、廟《びょう》へ参拝する。今日の白瓊の装いも、その一環であった。

色は被らないのが吉。この縁起のよさが、我が子の冥府《めいふ》での幸せに直結していると太后は信じている。不首尾は許されない。白瓊は、妃嬪《ひひん》らにそれぞれが用意すべき袍の色を事前に頼んであった。

「さ、奥様。そろそろ参りませんと。玉鈴様がお可愛《かわい》いのは、よくわかりますけれど」

主《あるじ》の実子でなくも、愛《いと》おしいものらしい。茉莉《まつり》は消えてなくなるほど目を細めている。

玉鈴はよく愛される子で、雲霞《うんか》の美女らも我が子のように慈《いつく》しみ、二人の妃嬪も、訪ねてくる度公主の様子を見にきていた。

「そうね、行きましょう」

蓮繡殿を出て、用意された日傘の下に入ると、猫児《びょうじ》が音もなく近づいて「廟の方は準備万端です」と囁《ささや》き、宦官《かんがん》特有の背を曲げた歩き方で去っていく。

（観桜の宴の前に、太后様のお心を揺らがせておかないと。申し訳ないけれど、これも国のため。目を覚ましていただかなくては）

白瓊の作戦は、こうだ。

昨日の内に、これまで自腹で補塡《ほてん》してきた蠟燭《ろうそく》と線香を、すべて引き上げさせた。

つまり、蠟燭は足りず、線香も足りない。

廟にほとんど入らない太后は、張《ちょう》家に祭祀《さいし》費を横流しした結果に無頓着《むとんちゃく》だ。

下手《へた》に取り繕《つくろ》い続ければ、一生己《かえり》を省みることはないだろう。太后が唯一、廟という場所を必要とする機を逃したくない。張家への不信感を持たせ、距離を取らせたかった。

廟の前に到着すると、ちょうど文月《ぶんげつ》と秀麗《しゅうれい》もやってきた。指定どおりの淡い緑と黄の袍を着ている。「「おはようございます、姉上様」」と揃《そろ》って頭を下げた。

白瓊も明るく「おはよう」と応《こた》える。

屋根のある廊下を、三人は縦に並んで歩く。

扉の前まで来た頃に、ちりり、と音が聞こえてきた。

あの音は可馨《かこう》のものだ。彼女はいつも、日傘にまで瓔珞《ようらく》をつけている。

「あら――」

声を出したのは、文月だった。

「あら……」

続いて声を出したのは、後ろから来た可馨だ。

一瞬、場が凍りついたのは、可馨の袍が白瓊と同じ、空色であったからである。

緑、黄、そして、空色と、空色。――桃色を欠いている。

「可馨。貴女《あなた》の袍の色は桃色のはずよ。報《しら》せが届いていなかった?」

白瓊の問いに、可馨は「けれど、空色と……」と小声で言い訳をしだした。

(やっぱり。こんなことだろうと思ったわ!)

子照《ししょう》から姚皇后《ようこうごう》の断袍の逸話を聞いた時、この機会に違いないと直感していた。

こちらも、丸腰で罠の待つ道の真ん中を歩くほど愚《おろ》かではない。

「お、お許しください」

蚊《か》の鳴くような声で謝罪しながら、近づいてくる。

（その手は食わないわ！）

白瓊はサッと後ろへ下がり、可馨と距離を取った。自分の手で袍を裂くか、すでに仕込んである危険性もあると見込んでの自衛だ。

二人の間に入った文月が「太后様がお越しです」と囁く。

手振りで合図すると、控えていた茉莉が、サッと桃色の袍を白瓊の肩にかけた。

まぁ、と文月と秀麗が声を上げる。

これで四色。欠いていた桃色が現れ、色の被りはなくなった。

「用意しておいてよかったわ。大事な節句を台無しにするわけにはいかないものね」

ちらり、とそちらを見れば、可馨の顔色が変わっている。

派手に泣き出すか、謝罪をしだすかと思ったが、その機は逸したらしい。

（なんとかかわせたみたいね……よかった。こんなところで太后様の機嫌を損ねるわけにはいかないもの）

ほっと胸を撫《な》でおろしたところに、見目麗《みめうるわ》しい宦官を引き連れた太后が現れた。菫《すみれ》色の袍に揃えた、紫玉の簪《かんざし》が眩《まばゆ》く輝いている。

「まぁ、皆、華やかだこと。嬉《うれ》しい。銀親王《ぎんしんのう》も喜んでいるわ、きっと」

「左様でございますね。さ、参りましょう」

ここからの作戦は、緊張を伴う。

廟の扉を、ぎぎ、と鳴らして内部へと入る。

太后が狙いどおり「こんなに暗かった?」と独り言を言った。

「これしか蠟燭がないの? どういうこと? 線香の数だって、少なすぎるわ!」

すぐに独り言ではなくなり、太后は怒り出した。今が好機だ。

——恐れながら申し上げます。使途不明の出費がかさみ、これが手一杯でございます。

白瓊が、そう言おうとしたところ、

「太后様。気持ちばかりですが、どうぞお使いください」

と慎《つつ》ましく言い出したのは、可馨だった。

可馨は、手に持っていた箱の蓋《ふた》を取る。そこには蠟燭と線香が入っていた。

「まぁ、気がきくのね。——白瓊、蠟燭を立てて。これは貴女《あなた》の仕業でしょう?」

太后が、キッとこちらをにらむ。

白瓊は、虚《きょ》を衝《つ》かれて言葉を失った。

「え——」

「知っているのよ。貴女の手の者が、昨日の内にコソコソと廟に出入りしていたことくらい。恩に着せようと言うの？　そんなくだらないことのために私の子の祈りを邪魔するなんて、ひどいわ。あんまりよ！」

それは誤解だ。蠟燭は留守の間に減っており、むしろ白瓊が今日まで補塡していた。

ただ、猫児を廟に派遣したのは事実である。

（こちらの手が読まれていたの？　まさか）

ちらりと見れば、可馨は口元を隠したまま、目だけで笑っている。

太后は、わなわなと震えていた。窮地《きゅうち》だ。

「誤解があるようです、太后様」

「なにが誤解なの？　廟の蠟燭が、こんなに少ないわけがないじゃない。代々の天子様が眠る大聖廟よ？」

「恐れながら――」

「早く戻してちょうだい！　私の子を侮辱《ぶじょく》するのは許さない！」

功をひけらかすための、自作自演だなどと思われたくはない。だが、ここで粘っても、得るものはなさそうだ。

白瓊は、自身で用意しておいた、蠟燭と線香の入った箱を開けた。

秀麗が「姉上様、お手伝いします」と申し出、文月も続く。

（可馨はご丁寧に蠟燭と線香まで用意していた。猫児のあとをつけていたの？　意図にま

で気づくなんて……あり得ない。まるで先回りされているみたいだわ）

本来、子照からの情報を得た自分の方が、先手を打てるだけ有利なはずだ。袍の件では実際に難を逃れている。

それなのに、この様だ。今や形勢は逆転していた。

蠟燭を手にしたまま、白瓊は動きを止めた。太后は「早く！」と叫んだが、くるりと振り返り、太后と対峙《たいじ》する。意図していたのとは違う流れだが、致《いた》し方ない。

「太后様。蠟燭は、本当に少ないのです。これまでの余剰貯蓄を合わせますと八千八百万環。それが私のいない二カ月半の間にすべて消えております。今年の予算は、残り百環――線香三本分しかございません」

「そんなわけない。嘘《うそ》を言わないで！」

「私が留守をしていた二カ月半の間に、蠟燭は半分に、線香は三分の一まで減らされておりました。以降は、私の化粧料から捻出《ねんしゅつ》して補充しておりましたが、今日は、現状を知っていただきたいために、あえて補充したものを下げさせたのです。郭貴妃《かくきひ》と葛淑妃《かつしゅくひ》の殿から出してもらった蠟燭も数多くございます。……祭祀費が、なぜか煙のごとく消え失せてしまったがために」

その時、廟の扉がコンコンと鳴る。

にらむようにこちらを見ていた可馨が目をそらし、扉に走りよる。

「皇上《おかみ》──」

と小さな愛らしい口が紡《つむ》いだものを、白瓊は聞き逃さなかった。

（子照？　可馨は、子照をこの場に呼んでいたの？）

ところが、扉の向こうにいたのは一人の宦官だ。

「照帝陛下より、ご下賜《かし》の品でございます」

可馨は、戸惑った様子を見せつつも、絹に包まれた箱を受け取る。

入っていたのは、蠟燭だった。

（ありがたい援軍だわ）

これで、廟の蠟燭が足りていない件が真実だったと太后にも伝わるだろう。

太后は「まぁ！」といたく感動した様子で受け取り、改めて白瓊と向き合った。

「と、とにかく、私はなにもしてないわ。なにも。祭祀費の件は、きちんと調べてちょうだい。私が悪いわけじゃないもの！」

「調査は済んでございます、太后様。微に入り細に入り、一環残らず金銭の動きは把握《はあく》しております」

太后の顔が、強張《こわば》り、気まずそうに目をきょろきょろと動かしだす。

「そう。だったらなに？」

「なぜこのようなことになったか、おわかりですか？」

「い、慰霊《いれい》は、私の仕事よ。必要だったの、柊帝陛下のために！　それに、銀親王のためにも！　まさか、蠟燭までなくなるとは思わないじゃない！　私のせいじゃない！」

「まことにごもっとも。慰霊は大事なお役目でございます。このようなことが起きたのは、すべて――太后様の化粧料が足りないせいです。増やしましょう」

「え……？」

今度は、太后が啞然《あぜん》とする番だった。

文月も秀麗も、可馨まで、同じように目を丸くしている。

「化粧料が足りぬからいけないのです。柊帝陛下と銀親王殿下へのご供養を存分にできぬのは、悲しいことでございます。祭祀費を使わずとも、ご自由に慰霊ができるようにすべきです。私が今日、お伝えしたかったのは、そのことでした」

「……そ、そう」

「さぁ、お祈りをいたしましょう。――皆も蠟燭を並べてもらえる？」

文月と秀麗が、揃って「「はい！」」と返事をし、てきぱきと蠟燭を並べはじめる。

太后は、話が思いがけぬ方へ向かったせいか、彼女らしからぬ狼狽《うろた》え方をしたあと、一緒になって蠟燭を置きだした。

白瓊は「せっかく持ってらしたんだから、貴女もどうぞ」と可馨に勧める。可馨は不満そうだったが、あからさまに拒みはしなかった。

戸惑う気配は消え、蠟燭を立て終えたあとは、三拝五礼ののち線香を奉じる。

（危ないところだったわ……）

冷や汗はかいたが、張家との関係に、揺さぶりはかけられたはずだ。可馨の攻撃も、致命傷は避けられたように思う。

大聖廟を出て、屋根のついた廊下の終わりまで来たところで、白瓊は太后に一礼した。

「太后様、私はこれで失礼いたします。本日は、ご迷惑をおかけして申し訳ありませんでした。銀親王殿下のご冥福をお祈りできたのだけが幸いです」

「まぁ、戻るの？　宴の準備をしてあるのに」

「私がおりますと、空気が悪くなりますでしょうし。皆様でどうぞ」

白瓊は、困り顔で首を横に振った。

そこに文月が「私も、蠟燭を提供して、問題を先送りしておりましたし……」と一礼し、秀麗も「私も、同じです」と一礼する。

「待って。せっかくだもの、皆で一緒に過ごしましょうよ。銀親王のためにも」

「……よろしいのですか？」

「ええ、もちろんよ。私のことを一番に考えてくれるのは、貴女だもの」

呆《あき》れた態度の変化に、白瓊は内心だけで苦笑する。

太后が、自分たちを引き留めるなどはじめてのことだ。化粧料増額の件は、よほど心に響いたらしい。

「まぁ、嬉しい。では、皆でうかがいます」

白瓊が言えば、二人の妃たちも笑顔で応じる。

表面上は和気あいあいと移動をしながら、ちらりと、と可馨を見る。一瞬だけ、視線がぶつかった。

(今回はなんとか切り抜けられたけれど、こんな綱渡りを続けていたら、どこでどんな風に足を掬《すく》われるかわからないわ。未来を知っていても優位に立てないのだから。……このままではいけない)

そろそろ、覚悟を決めねばならない時が来たようだ。

夕になって、あらかじめ決めていた手順どおりに、子照が蓮繍殿へやってきた。

食事を終え、いつもの薬湯を飲んでいる時に、

「今日は助け船を出していただき、ありがとうございました」

白瓊は、心からの礼を伝える。あの時、風向きを変えてもらえなければ、もっと太后は激昂《げっこう》していて、収束に時間が要ったことだろう。

「役に立てたならよかった。太后には、目を覚ましてもらいたいものだな。そういえば、張貴人《きじん》に廟へ来るよう頼まれていたのだ。貴女の仕切りを邪魔せぬよう、参加は見合わせたが、なにか、意図でもあったのだろう」

この期《ご》に及んで、白瓊の中には迷いがある。

だが、躊躇《ためら》いは危険だと考え直し、決意を固めた。

「これは、私の嫉妬《しっと》からの言葉ではありません。誤解なきようお願いしたいのですが……」

「なんのことだ？」

「彼女が若く、美しいからといって、悪口を言うわけではないということです」

「もちろんだ。わかっている」

「実は――」

白瓊は、慎重さを失わぬまま、これまでの経緯を説明した。

初対面の時点で、様子がおかしかったところから、今日の一幕まで。

常に彼女が挑発的で、こちらの印象を悪くしようという意図が見える、と。

「今日、廟に私を招いたのも、陥《おとしい》れられた貴女の姿を見せようとしていた……可能性があるわけだな」

「恐らくは。……すみません。女同士のくだらぬ嫉妬と思われそうで、お伝えするのが遅くなりました」

「そんな遠慮はしないでくれ。貴女に悪女の汚名を着せる者が、存在していたはずだ。張家が、貴女の印象を操作しようとしていたとしても不思議はない」

あ、と白瓊は声を上げていた。

美しい薄幸の美人と、恐ろしい醜女《しこめ》の悪女。逸話として完成されているがゆえに――加えてあまりに可馨が美しいがゆえに、仕組まれたものだとの判断が遅れた。たしかに未来を知ることは、必ずしもいい影響は与えないらしい。

「そうですね。たった十八歳の、貴族としての教育を受けた娘が、嫁ぎ先で正妻を軽んじるわけがありませんもの。誰ぞの命を受けていると考えるべきでした」

「挑発が目的なのだろうな」

未来を知る子照にとっては、納得のいく展開のようだ。

ふぅ、と白瓊はため息をつく。

「張貴人の挑発には乗らず、受け流すようにいたします。張家との対立は避けられないのですから、口実を与えぬようにしなくては」

「玄冬《げんとう》派からは、張家を牽制《けんせい》するため、対立する関《かん》家との接触をこちらから増やしてはという提案もあった。……張家の内乱は、張関の乱、とも呼ばれていたからな。もはや反乱自体は容認し、制御可能な規模に収めるのが、反動を最小限に抑えるのには上策なようにも思える」

反動を避けるため、あえていったん運命の流れに乗る。

それは、白瓊も考えていたことだ。

可馨の攻撃を避けるため、七花の節句を中止するのではなく、こちらが痛手を被《こうむ》らぬよう振る舞ったのも、反動を避けるためである。

「あえて、張氏の反乱を受け入れる……わけですか」

「あぁ、しかし……正しさとは、複雑なものだな」

子照も、疲労のにじむため息をつく。

当初、子照は白瓊を排斥《はいせき》しようとしていた。

それで済むと思える純粋な目で見れば、現状はさぞ複雑に見えることだろう。

「常に正しい道が、目の前に広がっているわけではありません。正しくないと気づく知恵も、道を引き返す勇気も、貴方《あなた》はお持ちではありませんか。大丈夫です。より正しい道を歩みましょう」

民に重税を課し、悪法で痛めつけてまで、不要な巨大離宮を建てるのは間違っている。

権力を得るための内乱で、国の防備を疎《おろそ》かにするのも間違っている。

太后の浪費を止め、張氏の内乱を止めんとするのは、決して過《あやま》ちではない。

一つ一つ、積み重ねていけば、きっと国を守ることに繋《つな》がるはずだ。

「……そうだな」

「後宮の妃嬪と食事をするのも、正しい行いです。張貴人を避けますと、私の差し金と疑われてしまいますでしょうし、お続けください。嫉妬深い正妻は嫌われるものです。あくまでも、正しさは失わぬようにいたしましょう」

「正しくても、気が進まぬこともある。……貴女と、ずっといられたらいいのに」

思わぬ弱音に、白瓊は苦笑した。

「そうですね、ずっと――」

言いかけて、口を押さえる。

これは、言ってはならぬ言葉だ。

「白瓊――」

「失礼いたします！」

一礼して、白瓊は餐堂《さんどう》を出た。子照を見送りもせず、寝室に逃げ込む。

正しいか、正しくないかで言えば、今のは正しくはない。

――ずっと、貴方といられたらいい。

彼が皇帝で、自分が皇后で、大切な人を守ることができて、世が乱れずに済んで。そんな未来が来たらいい。――その願いは、正しいようで、正しくはない。

（たしかに、正しさは複雑だわ）

過ちは、正せばいい。正しくなければ捨てればいい。だが、この胸にたしかにある思いを捨てるのは難しかった。思いは、身体《からだ》と不可分だ。

子照が帰っていく物音を扉ごしに聞きながら、白瓊の葛藤《かっとう》がやむことはなかった。

観桜の宴に先立ち、白瓊は他の妃嬪らより一日早く会場になる昂羊宮《こうようきゅう》へと到着した。

敷地が広大であるため、内部の移動には馬車が欠かせない。

大きな池の周囲には、多くの桜が咲き初めていた。宴の当日には、見頃になっているこ
とだろう。

（これだけ大きな離宮があるのに、もう一つ離宮を造るなんて、あり得ないわ。太后様も、
本当に供養したいなら、もっとまめに大聖廟にお参りなさればいいのに）

改めて離宮建造反対を心に誓いつつ、白瓊は馬車から降りた。

女性の来賓《らいひん》の宿舎になるのは、池の西側にある古樫閣《こけんかく》だ。

遠目にもわかる、ひどく古めかしい建物である。

林に囲まれているせいか、静かで落ち着いた場所だ。

先行していた猫顔の鼠児《そじ》が、背を屈めて出迎えに来る。

「ご無事の到着、祝着《しゅうちゃく》でございます」

「お疲れ様。準備は進んでいる？」

白瓊が合図すると、壺《つぼ》や皿を入れた箱が、古樫閣へと運び込まれていく。

観桜の宴が、通常の規模で開催されるのは数年ぶりのこと。

久しぶりに、照帝《しょうてい》も人々の前に姿を見せることになる。不安を持たれぬよう、こちらも
万全の仕度を済ませ、印象をよくしておきたい。

「お指図どおりに。宴の食事も、酒も、来賓のお好みに合わせて揃えてございます」

「ありがとう。それと――例の件もね」

鼠児は「ぬかりなく」と返事をして、下がっていった。

重臣らの妻女も、この場に来るはずだ。そこで、関家との接触をはかるつもりでいる。

白瓊の役目は、関家の正妻との縁を深めることだ。張家と関家の内乱を制御下におくというのが子照と玄冬派の方針で、すでに下準備も済んでいる。

(女性だけで話す機会なんてそうそうないのだから、この数日が勝負よ)

酒を囲みつつ、会話をする場も設けたい。

庭の様子を確認すべく、外から庭へ回ろうとしたところ――

「な、なに……このにおい！」

強烈な臭気が、風に乗って流れてきた。

馬糞《ばふん》を燃やしたようでもあり、軟膏《なんこう》の類《たぐい》を煮詰めたようでもある。名状しがたいが、とにかくひどいにおいで、茉莉も「く、くさい！」と我を忘れて叫んでいた。

鼻を袖《そで》で押さえながら庭に入ると、物干し台のようなものがメラメラと燃えている。

「か、火事だわ！」

驚いたことに、火の前では白袍の女性と女官たちがもみ合いになっていた。

「危のうございます！　お離れを！」

「薬が！　薬が！　貴重な薬なのよ！」

火につっこもうとする白袍の女性を、女官たちが必死に止めている。

鼻を押さえながら、白瓊は女官に手を貸すべく、池の端を走った。

「危ない！　火から離れて！」

「邪魔をしないで！　お前たちなんかに、なにがわかるのよ！」

ぶん、と女性の腕が振り上げられる。

なんとか火から離れさせようとする白瓊の身体にも当たったが、怯《ひる》んではいられない。

「危ないと言ったら、危ないの！　火から離れて！」

ぐい、と女性の腕を引っ張った拍子に、ぐらりと身体が傾いた。

あ、と、声が自分からも、周りからも聞こえ――

空が、見えた。

そして――ばしゃん！　と音がすると同時に、池の中へと落ちていた。


急いで用意させた風呂に入ったが、出た途端に、くしゅん、とくしゃみが出る。

災難だった。桜が咲き初めたばかりの季節に、水浴びは早すぎた。

身支度を手伝う茉莉が言うには、先ほどの白袍の女性が炯《けい》親王妃なのだそうだ。

炯親王の婚約者だった可馨を照帝――あるいは太后が――奪ったがために、交換する形で烔親王の正妻になった人だ。柯妃《かひ》という名だけは聞いていたので、照帝と烔親王の生母である柯氏の親類なのだろうと思っていた。同姓の親類との縁談は避けるものだが、母方の親類ならばそう珍しくはない。男子を二人も産んだ家系ならば、歓迎もされるだろう。

「お茶にお誘いしましたけれど、断られました。時間の無駄だそうで。入宮なさらなくて正解でございますね。あの調子で後宮を焼かれては、たまったものではありませんもの」

茉莉が女官から聞いたところでは、柯妃は厨房《ちゅうぼう》で薬湯を煮はじめ、あまりの悪臭に騒ぎになったそうだ。厨房を追い出されたのちに外で火を焚《た》きだし、火事になりかけた――というのが事の顚末《てんまつ》らしい。

(なんだか、変わった方ね……)

義理の妹になる女性だが、親しくなるのは難しそうだ。

「お怪我もなく、火事にならなかったのは幸いだったわね。柯妃様のことは気にせず、こちらはこちらの準備を進めなくては。焼け跡には、花でもおいておきましょう」

白瓊は苦笑しつつ、身支度を整えて準備を続行した。

やるべきことは山積している。風変わりな親王妃のことを、白瓊は頭の隅《すみ》に追いやった。

二日の後、観桜の宴がはじまった。

好天にも恵まれ、池の水面は桜を映しつつキラキラと輝いていた。

池の端には多くの白い天幕が張られ、中央にある舞台では、楽士が音楽を奏でている。通常の宴において、男女は席を分けるものだが、この場だけは例外だ。

皇族や貴族らの中でも、地位の高い者たちが家族を連れて集まっている。

東潔《とうけつ》派の筆頭である、ヒゲの豊かな張伯飛《はくひ》もいれば、西清《さいせい》派の筆頭の、大層背の高い関峰心《ほうしん》の姿もあった。重臣らの人相は絵に描き留めさせ、報告を受けているので把握している。もちろん二人は、会場の端と端におり、互いに目を合わせもしていない。人だかりも、それぞれ二分されていた。ひょろりとやせ型の烏宗玄《うそうげん》の姿がないのは、秘かに子照と語っているからだろう。

供される酒も上等なら、食事も贅《ぜい》をこらしたものだ。各所への手配の確認を終えた白瓊は、慎ましく着飾った女性たちの間を縫《ぬ》い、一つの天幕を目指していた。

（いよいよだわ）

間もなく、宮廷歌劇団と名づけた、紅雲《こううん》率いる一団の歌劇がはじまる。

この歌劇によって太后の心を蕩《とろ》かし、来賓女性たちの心をつかみたい。文月の物語も、秀麗の曲も、長年姚家の詩劇団で経験を積んだ湘三娘《しょうさんじょう》の技術も、白瓊は信じていた。雲霞の美女たちの芸も。そして、自分の詩も。

あの華やかさをはじめて目にした人が、心惹《ひ》かれないわけがない。そう信じている。

文月と秀麗は、天幕の中で酒にも手をつけずに待機していた。

歌劇がはじまるまで、関家の夫人と話でもしていようかと目で探していると、

「皇后陛下。よろしいですか？　照帝陛下が虹橋殿《こうきょうでん》でお待ちです」

猫児が近づいてきて、囁いた。

「まぁ、皇上が？　わかったわ、すぐに行く」

虹橋殿は、池の端にある建物だ。皇帝しか使えない特別な場所のため、長らく使われていないはずである。場所から推測して、密談だ。

茉莉を連れていこうかと迷ったが、一人で向かうことにした。

猫児の先導で、白瓊は白い天幕の群れを離れた。

紅《あか》い橋を渡りかけたところで、ふわりとした袍をなびかせてくる人が、こちらに向かってくるのが見えた。――可馨だ。

こちらも気づいたが、あちらも気づいた。

もう橋に足をかけていたので、そのまま渡り切る。なにか仕掛けてくるかと思ったが、おとなしく道を譲って頭を下げていた。

「可馨。もうすぐ歌劇がはじまるわ。是非《ぜひ》見てちょうだい」

声をかけたが、可馨は曖昧《あいまい》な返事と瓔珞の音だけ残して去っていく。

「これは、ちょっとした修羅場でございますねぇ」

嬉しそうに、猫児が笑っている。

可馨が、白瓊を待っているはずの子照と会っていたのだろう、と言っているらしい。

否定はしたい。けれど、あの美男美女が並ぶ様を想像するだけで、腹が重くなるのは事実だ。気にしていない、と言うのも癪《しゃく》なので、沈黙を答えに代えた。

白樺《しらかば》の林を抜け、たどりついたのは池に向かって張り出す、特殊な形の建物。

「……ここよね？　入るのははじめてだわ」

「入り口が少々わかりにくいのですが……さ、こちらです」

言葉どおりわかりにくい入り口を、案内されるまま進んでいく。

扉の向こうは階段になっていた。周囲に人気《ひとけ》はなく、とても静かだ。

猫児に「下で待っていて」と頼み、細い階段を上がっていく。

（子照は、玄冬派の皆と会合をしているはずなのに……なにがあったのかしら）

階段を上り切ったところで、視界が開ける。部屋の窓が大きく開いており、桜と空を映す池の水面の美しさに息を呑《の》んだ。

素晴らしい景色だ。ひらりと一片、花弁が舞い込む。

「まぁ、素敵なところ」

この風景を、子照と可馨は見たのだろうか。また腹がずしりと重くなってくる。

（嫌だわ、私ったら。猫児の言うことに惑わされすぎよ）

子照の白瓊に向ける気持ちは、池の鯉《こい》が空気を求めるのに近いと思っている。恋や愛よりも強い。だが、やはり恋や愛とは違うのだ。

白瓊の子照への思いの種類も、きっと。

孤島にいるのが二人きりなら、互いを必要とするのは自然なことだと思う。多少の好意を持たぬようにする方が難しい。ならばいちいち、心を乱す必要はないだろう。恋や愛ではないのだから。

「ごきげんよう」

物思いに耽《ふけ》っていた白瓊は、突然かけられた声に飛び上がるほど驚いた。

「――ッ！」

窓の絶景から一転。振り返ると、そこに背の高い男性がいる。

白い袍が目に眩《まぶ》しい。

貴族か、皇族か。高貴な人に違いない。

背が高く、姿のいい青年だ。口元には笑みが浮かび、目を三日月のように細めている。

「お話をするのは、はじめてですね。皇后陛下。陶炯承《とうけいしょう》でございます、義姉《あね》上」

貴人の正体は、本人が名乗ったためにすぐ知れた。

陶炯承。炯親王。子照の同母弟だ。

たしかに容姿には似通ったものがあった。整った理知的な顔立ちや、通った鼻梁《びりょう》、涼やかな目元。白い袍を着ているせいか、仙人めいた雰囲気も重なる。

「……烔殿下」

正体は、わかった。しかし問題は、なぜ、ここに彼がいるかである。

「光栄です、皇后陛下。貴女には、是非ともお目にかかりたいと思っておりました。念願が叶い、これほど嬉しいことはありません」

笑んだように細めてはいるが、その目は笑っていない。

得体の知れない恐怖を、白瓊は感じていた。

「恐れ多いお言葉でございます」

頭を下げつつ、白瓊は目で子照《つっし》の姿を探す。このような雰囲気のいい場所で、夫ではない異性と二人きりになるなど、慎み深い女に許される行為ではない。

しかも相手は、子照の知る世界では、姚皇后の不貞の相手とされる烔親王だ。

(最悪だわ……よりによって、素行の悪い放蕩《ほうとう》者と噂《うわさ》になるなんて！　誰でも嫌だけど、この人だけは絶対に嫌！)

無類の色好みとして知られ、兄と共に成人前から色街に出入りしていたのは有名な話だ。他にも様々な、慎み深い女が顔をしかめるような噂も聞いたことがある。

照帝の件を踏まえれば、こうした噂を大袈裟《おおげさ》だと聞き流すわけにもいかない。

そんな男が、目の前にいる。白瓊の頭の中で、警鐘《けいしょう》が絶え間なく鳴っていた。

「お呼び立てして申し訳ない。しかし、招きに快《こころよ》く応じていただき感謝しています」

炯親王の言葉に、白瓊の身体が強張った。

（私、騙《だま》されたんだわ。猫児が手引きを？　彼に売られたの？）

にこにこと笑う炯親王は、顔立ちこそ似通っているが、子照にある陰《かげ》がまったくない。明るい。人を騙しておいて、これほど明るく笑う神経が知れなかった。

「私は、これで失礼いたします、殿下」

この場を、なんとか切り抜けねばならない。まずは一刻も早く密室を脱することだ。

白瓊は窓際におり、出入り口は細い階段だけ。だが、間には炯親王がいる。

まずは正攻法で、横をすり抜けようとした。

しかし――ごく自然に、炯親王は白い袍をひらりとさせて、道を塞ぐ。

――騙された方が悪い。隙《すき》があった。二人きりになるのは誘惑したも同然。――姦婦《かんぷ》。

どこかからか、そんな声が聞こえる。

「お話をしましょう、義姉上。この機会を待ちわびておりました」

一歩、炯親王が近づいてきた。

じり、と後ろに下がったが、後がない。手すりの向こうは池があるばかり。

一昨日落ちた池は浅かったが、こちらの池は舟遊びのできる深さがある。

姦婦としての生か、貞婦としての死か。

ひどい二択だ。

「………」

烔親王は、笑っている。

この男にとっては、ただのいたずらなのだろう。暮らしの中の、ほんの一部。戯《たわむ》れに庭の花を手折《たお》るように、気軽に。こちらは生き死にがかかっているというのに。その不均等に、血が沸き立つほど腹が立った。

「義姉上。そちらは危ない」

「近づかないで！」

慎ましい女が、お産の時でさえ発さないほどの声で、白瓊は叫んだ。

このまま慎ましく死ぬつもりはない。国を救うのだ。悪女になどならずに。

「私は、貴女の敵ではありません。義姉上、どうか話を――」

「聞きません！　聞くものですか！　今すぐに、この殿から去りなさい。さもなくば、私はこの場で、し、死にます！」

手すりに腰をかけ、足を手すりの向こう側へと下ろす。

一か八か。姦婦としてではない、生の可能性にかけるしかない。

「なんと勇ましい！　さすがは聖女――危ない！」

身体がふわりと浮き――目をぎゅっとつぶった。

そのまま落下するものと思ったが、ぐい、と強く腕を引き寄せられていた。

自由になるはずの身体は、殿の内部に引き戻され　どさり、と倒れ込む。カシャと乾いた音がいくつもしたのは、簪が落ちた音だろう。

思わず「きゃ！」と悲鳴を上げていた。

最悪なことに、押し倒されたような格好になっている。

──間近で、目が合った。

「……ッ！」

血の気が引く。これは、完全に不貞を疑われる状況だ。

手足をばたつかせ、必死に逃げようと暴れる。

「義姉上！　落ち着いて！　なにもしません！　天に誓って、貴女に危害は加えない！　貴女は──聖女だ！」

「なにが聖女よ！」

死に物狂いで這《は》いながら逃れ、衝立《ついたて》を倒す。

その向こうに、部屋があった。駆け込んだ先に待っていたのは──寝台である。

絶望のあまり、動きが止まった。

髪も崩れ、袍も乱れ、いるのは寝室。相手は夫以外の人。

人に見られれば、終わりだ。──死ぬしかない。

「私は、貴女の敵ではありません。むしろ、貴女をお守りしたいと思っております」

炯親王の足音が、近づいてくる。

「……左様でございますか」

スッと人の手が、背の方から乱れた髪に触れたので、反射的に手で払う。

だが、臆せず炯親王は白瓊の髪を櫛《くし》で梳《す》きだした。

襲い掛かってくる気はないらしいが、だからといってこの状況が最悪なことに変わりはない。

「噂に違《たが》わぬ烈女ぶり。まさに貞婦の鑑《かがみ》といえましょう。貴女のような方が、不当に貶《おとし》められていいわけがない。世の評は間違っている。貴女は聖女だ」

「……もったいないお言葉でございます」

髪の梳き方がひどく丁寧で、女の扱いに慣れているのが伝わってくる。

残る気力を振り絞って手を払おうとしたが、やんわりといなされた。

耳元で「私に任せて」と囁かれ、ざわりと全身が粟立《あわだ》つ。

「私は、この世の中で、最も貴女を理解している。今日まで、暴君のもとでさぞや苦労をされたことでしょう。ですが、もう心配は要りません。すべて私にお任せください。貴女の名誉を守ってみせます」

「……左様でございますか」

白瓊は、のろのろと袍の乱れを直しはじめた。子照が好む、紅色の袍を。

あれほど美しく見えていたものが、今は忌《い》まわしいばかりだ。帰ったら、すぐにも燃やしてしまいたい。

「不躾《ぶしつけ》な真似は、どうぞお許しを。すべて貴女様のためなのです」

床に落ちていたと思《おぼ》しき簪が一つ、髪に挿される。

動作は丁寧で、口調も優しい。けれど発言の意味はさっぱりわからない。

(この人も、血まで酒になっているのかしら)

炯親王が「さ、できた」と言うので、手でたしかめたところ、おおよそ髪の乱れは整えられたようである。長さのない髪を、なんとかまとめてある。器用なものだ。

白瓊は差し伸べられた手を断り、自力で立ち上がった。

「これで恩を売ったなどと思わぬことです。私は、決して貴方を許さない」

そう言い捨て、白瓊は虹橋殿を出た。

階段を下りる足は覚束《おぼつか》なかったが、幸い炯親王は追ってこない。

(悔しい……悔しい！　あんな男に、人生を台無しにされかけたなんて！)

辺りを見回したが、猫児の姿はない。

裏切られたのか、否《いな》か。利を見るに敏《さと》い彼の選択を責めたくはない。忘れるべきか、とも思ったが、すぐに思い直した。橋の辺りで行き合った禁侍衛《きんじえい》の兵士に「猫児を急ぎ探して」と頼んだ。年金を餌《えさ》にしたとはいえ、まだ白瓊は彼の主だ。安全を確認する義務がある。

（負けるものですか！　絶対に、負けるものですか！　私は、国を救うのよ。悪女なんかじゃない！　姦婦でもないわ！）

溢《あふ》れてきた悔し涙を拭《ぬぐ》い、キッと前を向く。

せめて少しでも歌劇を見たい。喝采《かっさい》を感じたい。

あの舞台は、皆の希望の結晶なのだ。

楽の音《ね》が――聞こえてきた。白い天幕と、人垣が見える。

人垣の外縁を、きょろきょろしながら歩く茉莉がこちらに気づいた。

「奥様！　お探ししましたよ！　さ、こちらへ。もうはじまっております！」

茉莉は、わずかに隆起した場所の木陰に案内する。

よい場所だ。舞台がよく見えた。竹林の書割《かきわり》を背に、美しい二人の役者が月を見上げている。

「よかった。間に合って」

「はい。あら、奥様。お髪《ぐし》が――」

「あぁ、少し乱れてしまったの。あとで直してもらえる？」

郎君《ろうくん》と秋姫《しゅうき》が、それぞれに月を見上げて歌う場面だ。

――独り佇《たたず》む幽篁《ゆうこう》の室。孤月に想う愛《いと》しき人。

——相想えども触れえず。ただ彼の人の莞爾《かんじ》たるを望む。

美しい二人の歌声は澄み、楽の音は切なく響く。

ほう、と客席のあちこちから、ため息がもれていた。

ここから二人が再会し、愛の歌を歌う見せ場だ。さらに恋敵との剣戟《けんげき》へと続く。紅雲と淡霧《たんむ》の立ち回りで熱狂は必至。握る拳《こぶし》に力がこもる。

その時、きゃあ！　と、舞台ではない場所から悲鳴が上がった。

火だ、と誰かの声に、大きなどよめきが起きる。

（火ですって？　また？）

つい一昨日にも、聞いた言葉だ。

驚きに、一瞬、頭が真っ白になる。

「太后様の天幕に、火が……！」

その一言で、我に返った。

蜘蛛《くも》の子を散らすように来賓が逃げ出す中、白瓊は太后の天幕に向かって走る。

天幕から文月と秀麗が逃げだし、続いて太后も、見目麗しい宦官に肩を支えられながら出てきた。

「白瓊！　助けて……！」

「太后様を、古樫閣にお連れして！」

風がなかったのが幸いし、火はすぐ消し止められた。天幕の一部が焼かれた程度で、怪我人も出なかったようだ。

「不届き者を捕まえて！　すぐによ！　そうでなければ、ここから一歩も動かない！」

半狂乱になった太后が「早く！」と叫んでいる。

警備の兵らによって、詮議がはじまった。

散り散りになっていた来賓たちも、戻ってきたようだ。重臣らの顔も見える。

ざわめきの中、一つの声が大きくなっていった。

――皇后の――

――皇后づきの侍女《じじょ》の姿を見た。

「え？」

皇后づきの侍女。白瓊は、隣にいる茉莉を見た。

茉莉はきょとんとして、それから「まさか」と全身で否定した。

しんと、静かになった空気に、猜疑《さいぎ》の色が交っている。

（もしかして茉莉が火をつけたと疑われているの？）

今日の来賓は、皇族や、重臣らとその家族。彼らの前で、放火の疑いなどかけられては敵《かな》わない。面目は丸つぶれだ。

（冗談でしょう？　そんな話、信じる人が――）

いるわけがない、と信じて、白瓊は太后の方を見た。その面《おもて》が、紙のように白い。浮かぶ険しい表情に背筋が凍る。

「貴女なの……？　貴女なのかと聞いているのよ！　答えなさい！」

悲鳴にも似た叫びに、場は不気味な沈黙に包まれた。

白瓊は、否定せねばならない。

だが、突然の事態と、多くの人の目が、舌を重くした。

その一瞬に、ぴしゃりと頬《ほお》を平手打ちされる。

「……ッ！」

白瓊の顔から、血の気という血の気が引いていく。痛みのせいではない。怒りで、人の身体が震えることを、はじめて知った。

そこに「おやおや、穏やかではありませんな」と妙に明るい声が割って入る。

白い袍を翻《ひるがえ》し、現れたのは、あの炯親王だ。

悪名高い親王の登場に、周囲に動揺が見える。自身の妻女を背に庇《かば》う者もいた。

(なにしに来たのよ、こんな時に！)

白瓊の顔は、複雑に歪《ゆが》んだ。

こちらの苛立《いらだ》ちをよそに、炯親王は優雅な一礼をする。

「恐れながら、太后陛下に申し上げます。こちらの侍女ならば、ずっとそこの木陰におりましたよ。間違いありません。ほれ、そこ。そこです」

炯親王が指をさした先には、たしかに先ほどまで白瓊たちがいた木陰がある。

先程の一幕を知らない茉莉は、助け船だと信じたのだろう。こくこくとうなずいていた。

太后は、炯親王を見て、白瓊を見、また炯親王を見る。

「炯殿下、それは本当？　庇うつもり？」

「本当でございますよ。私は、ずっと見つめておりましたから。あちらの木陰に、麗しき皇后陛下がおられて、その侍女は横に。間違いありません」

なんとも嫌な言い方だ。

ちらり、と太后がこちらを見る。

「そ、そう。じゃあ、白瓊じゃないのね」

決まり悪げに眉を寄せたものの、太后はそれ以上疑いを重ねはしなかった。

不機嫌に、あちこちをさ迷う視線が――ある一点に、定まる。

釣られて白瓊が振り返ると、来賓たちが遠い方から膝《ひざ》をついていくのが見えた。

そこに「皇帝陛下のおなりです！」と声が響く。

ざっと衣擦《きぬず》れの音を立て、膝をつく人たちが拱手《きょうしゅ》の礼を取った。

ただ、炯親王一人を除いて。

ハラハラしながら、上目で同母の兄弟が対峙《たいじ》する様を見守る。

濃紺《こん》の袍の子照と、白い袍の炯親王。顔立ちは似ていても、まとう空気は違っていた。表情にいつも陰のある子照と、表情だけは明るい炯親王。印象は、真逆である。

「陛下、ご機嫌麗しゅう。今日はご体調もよろしいようで、重畳《ちょうじょう》、重畳」

子照は、弟の軽い挨拶《あいさつ》を頭の動きだけで受けた。

「……白瓊、なにがあった？」

白瓊は、一礼してから子照に近づいた。

その耳元に、事の経緯を囁き声で伝える。

「火つけをした不届き者を、探さねばなりません」

頭を下げた人々が、固唾《かたず》を呑む様が伝わってくる。

病弱ゆえに後宮にこもる皇帝か、度を越した暗君か、はたまた暴君か。

即位以来、ほとんど人前に出てこなかった照帝が、そこにいるのだ。どう事態を理解すべきか、戸惑う雰囲気が濃い。

張り詰めた空気の中、一人の——白い袍を着た——女性が前に出た。

炯親王の正妃の、あの庭を焼いた柯妃だ。

「使われた油は、蛮沙油《ばんさゆ》でございます。柑橘《かんきつ》の皮に似た苦い香のする者が、火つけの犯人でございます」

慎ましい貴族女性の輪の中にあって、はっきり、きっぱりと柯妃は発言した。驚きに、多くの女性たちが口をぽかんと開けている。

だが、口を開けていられたのは一瞬だ。そうと聞いて、来賓たちは眉を顰《ひそ》めるより先に自分の袍のにおいをかぎ、くんくんと鼻を動かし出す。蛮沙油は、魔除けとして節句に使われるため、大抵の人はにおいの種類を理解している。

「探せ！　まだ近くにいるはずだ！」

炯親王が叫び、犯人探しに皆が動き出す。

「皇后陛下！　見つけました！」

そんな中、白瓊に向かって近づいてくる禁侍衛の兵士がいた。

猫児を探してほしい、と頼んだ兵士だ。――間が悪い。

これでは猫児が火つけの犯人で、それを彼が捕らえたように見えてしまう。

案の定、人々の目は兵士と――抱えられるように運ばれてきた、猫児に向かった。

「猫児……一体、どうしたの？」

白瓊は、悲鳴をこらえて駆け寄った。

そして、鼻に柑橘の皮に似た、苦い香を感じる。――蛮沙油のにおいだ。

あ、と声を上げたのは、白瓊ではない誰かだった。

（なんなの、一体！　なんのつもりでこんな罠を……！）

ぼんやりとしたままの猫児の前に膝をつき、顔を見つめる。

彼の、狡猾《こうかつ》であり、卑屈《ひくつ》であるいつもの表情は消えていた。

目の焦点が合っておらず、まるで泥酔状態だ。

「猫児、なにがあったの？　怪我は？」

「ここは……どこです？」

白瓊が問い、猫児が答えるより前に、

「直答を許す。そなた、今までどこにいたのだ？」

炯親王が、大きな声で猫児に問うた。

蛮沙油のにおいがするぞ、といつでも叫び得る状況で。

質問の向かう先が、見えた。

（この男……猫児に言わせたいんだわ。——虹橋殿にいたと）

炯親王は、白瓊を姦婦に仕立て上げようとしている。

「わ、私は——」

猫児の声が、震えている。

「ん？　聞こえんぞ。どこにいて、なにをしていた？」

「わ、わかりませぬ。私は……こちらはどこでございますか？　昂羊宮に向かったところまでは覚えておりますが……」

猫児は「お許しくださいませ、旦那様《だんなさま》」と、ぼんやりしたまま炯親王に向かって叩頭《こうとう》を繰り返した。

近くにいた鼠児たちも「お許しくださいませ、旦那様」と揃って叩頭しだす。

「猫児を休ませて」

白瓊は兵士に伝え、スッと立ち上がった。

子照の横に寄り添い、強張った表情のまま炯親王と対峙する。

炯親王の横には、白い袍の柯妃が並んでいた。

「では、こういうことだな、弟よ。火をつけたのが皇后の侍女だと言い出した者と、この宦官を捕らえ、油をかけた者が――賊《ぞく》だ」

子照の目は、炯親王を見つめている。

視線と視線が、激しくぶつかり合った。

先に目をそらしたのは、不敵な笑みを浮かべたままの炯親王だ。

「まぁ、そうなりますな。あぁ、そうそう。うっかり忘れておりました。麗しの皇后陛下。例の場所に、お忘れ物が」

スッと差し出されたのは、桜の花を象《かたど》った、紅玉をあしらった簪だ。

間違いない。今日身に着けていた、子照からの贈物である。

（あの時……紅橋殿で揉み合いになった時、落としたんだわ！）

あえて白瓊ではなく茉莉に渡したのは、動揺を誘うためだろうか。忠義者の彼女は、主の髪が乱れていたことに気づいている。――その顔から、血の気が引いていた。

周囲の人たちは、茉莉の表情の変化を見ただろう。

自分の足に、罠ががっちりと食い込んだのを、感じずにはいられない。

目的は達したと判断したのか、茉莉の動揺を見届けることなく、炯親王は「さぁ、火つけの犯人を探さねば。ぼやぼやするな！　怪しい者を捕らえるんだ！」と兵士を指揮しだした。

柯妃の姿は、いつの間にか消えている。

いったん攻撃の波は去ったらしい。白瓊は、頭痛を感じて頭を押さえた。

「白瓊。貴女は、古樫閣に戻っていてくれ。あとは私が収める」

「傍《そば》にいます」

「いや、このくらいはさせてくれ。夜に訪ねる」

ぽん、と子照が背を叩いた。

この場所にいても、白瓊にできることはない。子照も最近は、自身の手足を使うようになっている。任せても問題はないだろう。

「あの、簪の件ですが――」

「あとで話そう。では……夜に」

頭痛がますますひどくなってくる。

白瓊は頭を押さえつつ、古樫閣へと戻ろうとした。

（どうして誰も彼も、私を悪女にしたがるの……？）

波を一つ越えれば次、また越えても次、と絶え間なく襲ってくる運命が呪わしい。

この戦いに、終わりはあるのだろうか。

観桜の宴にかけてきた思いが強いだけに、落胆《らくたん》が足を重くする。

ふっと葡萄《ぶどう》酒の香りがして、太后が白瓊に並んだ。輿《こし》は使わなかったらしい。

「さっきはごめんなさいね、白瓊。私、慌《あわ》てていて――」

今更、謝罪されたからといって、衆目の前で平手打ちされた事実が消え去るわけでもない。だが、腹立ちを顔に出さぬよう努めた。

「お気になさらず」

「張伯飛に、襲われたのかと思ったのよ。私が、これ以上祭祀費に手を出さぬように強く言ったから。でも、もしかしたら、全部貴女が仕組んだことなんじゃないかとも思えてきて……ねえ、化粧料を増やす件、これでなかったことにはならないわよね？」

腹が立つのも通り越し、呆れかえる。

彼女が案じているのは、あくまでも自分の利のことだけらしい。

「まさか。どうぞご安心ください」

泣き出したいような気持ちをこらえ、白瓊は笑顔を保った。

「明日は、芝居の続きを頼むわ。楽しみにしている」

輿が迎えに来て、太后はさっさと乗って先に帰ってしまった。

ふぅ、とため息をつく。

まだ、太后との関係は保っておきたい。我慢のしどころだ。

「あの……奥様……」

簪の件がよほど堪《こた》えたのか、茉莉はしゃがれた声を震わせている。「なにか勘違いがあったのよ。困った方ね」と宥《なだ》めつつ、白瓊は古樫閣へと戻ったのだった。


小火《ぼや》騒ぎのせいで宴を切り上げることになったため、用意してあった食事は、来賓の部屋に運ばせることになった。

社交をしようにも、あの騒ぎの痛手で、外には出にくい。

(失敗だわ。なにもかも上手《うま》くいかない)

幸い、紅雲はじめ歌劇団の面々は、少しもへこたれてはいなかった。春霞《しゅんか》などは「わざわざ芝居の時間を狙うほど、注目されていたということですわ。よい傾向です」と笑っていた。

彼女たちに励まされはしたものの、食事が喉《のど》を通らない。その内、猫児が戻ってきた。

「猫児。怪我はないの？」

「申し訳ありません。薬をかがされたようで……記憶が、さっぱり。鼠児に話を聞きました。あれは私に、虹橋殿にいた、と言わせるための罠、でございますね？」

「恐らくね。虹橋殿にいたのは、皇上じゃなかったの。炯親王だったわ」

猫児は、あんぐりと口を開けたあと、パッと膝をついて頭を下げた。

「そ、それは……なんとお詫《わ》びを……まさか、私がご案内したせいで……」

「すぐに逃げたから、無傷よ。顔を上げて」

頭を上げるついでに立ち上がり、猫児は、ほぅ、と胸を撫でおろした。

「よくはないですが、よかった。……今、私に伝言を頼んだ者を調べておりますが、いずれかで曖昧になり、特定には至りませんでした。引き続き調べます」

「頼むわね。てっきり貴方に裏切られたのかと思ったわ。ごめんなさい、疑って」

猫児は、肩を竦《すく》めて「然《さ》もあらん」と苦笑する。

「しかし、ご安心を。皇后陛下にお仕えするのが、一番浄土に近いのは間違いないんです。生家で家族を餓《う》えで亡くすのも地獄《じごく》なら、『宝』を捨てるのも地獄。後宮で生きるのも地獄。いつ死ぬかわかったものじゃありません。血にまみれ、人を見下し、恨みは大いに買いました。報復で殴り殺された仲間だって何人もいます。死ねば死んだで、残された家族が餓えてまた地獄。ところが、皇后陛下は、私が死んでも家族に金を送ってくださる。安堵《あんど》して死ねるのは、貴女様のもとだけでございます。聖女様。いついつまでもお仕えさせてくださいませ」

宦官らしからぬ、長い話だった。最後のあたりで背を屈め、卑屈に笑ったのは、自身が何者かを思い出したからだろうか。

深々と礼をして、猫児は出ていく。

聖女――と猫児は、今の白瓊を評した。

悪女でも、姦婦でもなく、聖女、と。

けれどそんな白瓊に悪女の評をなすりつけようとする者は、たしかに存在していた。

(炯親王の目的は一体なんなの？　どうして、私を悪女に仕立て上げようとするの？)

額《ひたい》を手で押さえ、ため息をつく。

そろそろ、子照との約束の時間だ。

白瓊は重い気持ちを抱えて部屋を出、夜の庭を横切った。花で隠された焼け跡を迂回《うかい》して、四阿《あずまや》へと向かう。

かさり……と音がして、突然、四阿の方から人が飛び出してきた。

「……っ！」

不意を衝かれ、白瓊は悲鳴を上げかけた。

子照かと思ったが、違う。ひらりと舞ったのは、淡い色の袍。

ちり、と音がしたのは、瓔珞だ。

美しい人――可馨と、目が合う。

今日、彼女にばったりと会うのは二度目である。

もしや、子照と会っていたのでは――と思うのも、二度目。

可馨は、挨拶もせず、逃げるように母屋《おもや》の方へと去っていった。

（また？　いえ、待って。あの時、虹橋殿にいたのは炯親王だった。じゃあ、昼に出くわした時、彼女が会っていたのは……炯親王だったの？）

炯親王と、可馨。

彼らは元婚約者同士だ。接点がある。

その内、小さな灯《あか》りが近づいてきた。宦官の肩に手を置いて、ゆっくりと歩く子照の姿が見える。

「お待ちしておりました、皇上。さ、こちらに」

白瓊は子照に近づき、その手を自分の肩に移動させた。

宦官は、灯りを四阿に置いて去っていく。

「今――誰と会っていた？」

「え？」

白瓊は、子照を見上げた。月を背にした彼の表情が、硬い。

「私が来る前に、誰と会っていたのかと聞いている」

まさか、子照にそんな問いをされるとは思っていなかった。

今、可馨と会っていたのか――と疑いを持ったのはこちらの方だ。

「誰とも、会ってはおりません」

「隠さないでくれ。私は、貴女の選択を受け入れると約束した」

肩をつかむ手の力が、思いがけず強い。

子照の必死さが、怖くなってくる。

「ま、待ってください。話を聞いて」

「会っていたのだろう？　彼と……炯親王と。二人で、話をしたのか？　今、彼とすれ違った。……隠さなくていい」

白瓊は、目をぱちくりとさせていた。

どうやら自分は、炯親王と逢引《あいびき》していたと疑われているらしい。

「子照。よく聞いてください。第一に、私は貴方の味方です。いついかなる時でも、絶対に。第二に、私は姦婦ではありません。好んで異性と逢引をするなど、過去においても、未来においても、決してありません。不義の噂があったがために、貴方は疑いを持ったのだと思いますが、私が私である限り、彼に惹かれることは絶対にないと断言できます」

「しかし……彼は……」

「顔がいい？　姿がいい？　そんなこと、どうでもいいです。炯親王のような素行の悪い方に、好意の持ちようなどありません。それに、彼は明らかに敵対的です。惹かれるわけがないでしょう」

彼の錨《いかり》になると心に決めている。白瓊は、子照の手に自分の手を重ねた。

「彼と、会っていたのではないのか？」

「会っていませ――いえ、会いはしました。昼の、あの簪の件ですが……」

白瓊は、今日起きた出来事を掻《か》い摘んで説明した。

発端となった呼び出しの件から、虹橋殿で待っていたのが烔親王であったこと。虹橋殿で逢引していたと思わせるために猫児を利用したであろうことも。

簪の件はそのまま伝えるわけにもいかず、逃げようとした拍子に、慌てて落としたようだ、とだけ伝えておいた。

「なんということだ……そのような無体な真似を、あの男がしたのか！」

ずいぶん省いて伝えたつもりだが、子照は不快感を露《あらわ》にする。

「逃げることはできました。無傷です」

「いや、それは結果論でしかない。そうと知っていれば、あのままにはしなかった」

白瓊の肩に置いたままだった手に、ぎゅっと力がこもる。

険しい表情から、彼が本当に憤《いきどお》っていることが伝わってきた。

ふと、姦婦とは、当人ではなく周囲が作るものではないかと思った。この人は、白瓊を姦婦とは決して呼ばない。

「それで……実は、私も先ほど張貴人とすれ違ったのです。子照は烱殿下をお見かけしたのですよね？　彼らに関わりがあると見るのは、考えすぎでしょうか？　そうと疑えば、どちらも私を陥れようとしているようにも思えるのです」

最初は、なぜ、ここまで誰も彼もが白瓊を悪女にしたがるのかと不思議だった。

だが、烱親王と可馨が手を携《たずさ》えているのならば、腑《ふ》に落ちる。

要するに、彼らは白瓊を悪女にしようとしている。――動機は不明だが。

「彼らはどちらも、貴女を若い寵姫《ちょうき》を虐《しいた》げる悪女で、皇弟と密通する姦婦に、仕立て上げようとしているということか」

「はい。後世の悪評をそのままに。……ひとまず、座りませんか？」

白瓊がうながすと、子照は「そうだな」と素直に従った。

小さな四阿はひょろりと長く、天井がやけに高いせいで月も星も見える。

弧を描く長椅子《こいす》に、二人は並んで腰を下ろした。

美しい夜だ。

慎ましい女たちしかいない古樫閣は、森よりも静かであった。

「すまない。取り乱した」

「お気になさらず」

白瓊とて、寵姫の幻《まぼろし》に怯《おび》え、おかしな態度を取った経験がある。

互いに相手を唯一と思えばこそ。未来を知るがゆえの迷走を、責める気にはなれない。

「彼とは、どんな話をした？」

「その話は、もうよしましょう」

「是非とも聞いておきたい。教えてくれ」

できれば一生思い出したくないが、渋々記憶をたどる。

「愚にもつかない……あぁ、そうでした。私を、聖女だと言うのです。味方だとか、理解者だとか。……貞女だとも、烈女だとも言っていたように思います」

苦い記憶だ。白瓊はため息まじりに答えた。

子照は、じっとこちらを見つめている。

吸い込まれそうな深い瞳に、心を揺るがすなというのは無理な話だ。

「心は、揺らいだか？」

「まさか」

「私と、彼を隔てるものは、そうないだろう」

白瓊は、ここでさすがに臍《へそ》を曲げた。

彼だけは姦婦と呼ばないと感動さえしたというのに。疑いを重ねられるとは心外だ。

「本気で言っているの？」

「もちろんだ」

「呆れた。よくそんなことが言えるわね！　私は姦婦じゃないわ！」

「姦婦などとは思っていない」

まだ椅子も温まらぬ内に、白瓊はサッと立ち上がった。

「じゃあ、一体なんだというの？　私は、なにを疑われているのよ」

「疑ってはいない。そうではなく――」

「一目見て、私が恋に落ちるとでも？　こんなに近い場所にいて、手を携えている貴方とでさえ、距離を取っている私が？　そんなことができるなら――」

そんなことができるなら、先に子照と恋に落ちていた。

言いかけた言葉を飲み込み、ぐっと唇を噛《か》みしめる。

自《みずか》ら引いた線を、自ら越えるのは愚かだ。

「彼は、恐らく壮士《そうし》――遡行者《そこう》だ」

そんな白瓊の葛藤《かっとう》を、子照の一言が粉々に砕く。

「壮士……？」

一瞬、頭が真っ白になり、それからゆっくりと言葉が身体の中に入っていく。

子照は、炯親王を、越世遡行によって、国を救うために未来からやってきた存在だと言っているのだ。彼と同じように。

「今日の火事も、未来を知る私には防げていたはずだ。だが、事前に配した防波堤を、彼は見透かしたかのように避けていった。完全に、先を読まれている」

白瓊は、ここでやっと、彼の不可解な態度のわけを理解した。

「もしかして貴方、私が協力者を乗り換えるかと思ったの？」

「……すまない」

ため息をつき、また腰を下ろす。

憤懣《ふんまん》やる方ないが、彼の必死さは理解できる。

孤独なのだ。味方が他にいない。それゆえの焦りを、どうして責められただろう。

白瓊は、重ねた手に力をこめた。

「あり得ないわ、絶対に。協力者として、彼はまったく相応《ふさわ》しくないもの。私を騙し、名を汚そうとした人よ。信用できない」

「だが、彼は貴女の能力を知っている。私よりも後の時代から来たのではないだろうか。姚皇后の評価が、私の頃とは真逆だ」

「あぁ……なるほど。そういうことだったのね」

虹橋殿で聞いた、炯親王の言葉に覚えた違和感を思い出す。

すでに白瓊が、悪評にさらされているような言い分だった。子照から聞いた評があるせいで気づくのが遅れたが、現在の評は、まだ悪女と断じるほど悪くはないはずだ。

「彼が接触してきたのは、協力者として貴女を選んだからなのだろう。張貴人を使って悪女に仕立て上げる作戦が、行き詰まったせいもあるかもしれないが」

「それならあんな最悪なやり方……いえ、それはもういいわ。どちらも壮士なら、仲間ですものね。対立する必要はないわ。今後は力を合わせて――」

「できない。壮士は、行動を変えてはならないのだ。名乗り合うことも許されていない。それが則《のり》だ」

「だからって……今のままじゃ、足を引っ張られるだけじゃない」

二人壮士がいるのであれば、魂《たましい》と器《うつわ》が二組。計四人の人間が死んでいる。そこまで多くの犠牲を払っていながら、互いに邪魔しあうなど、愚の骨頂《こっちょう》だ。

だが、子照は首を横に振った。

「星砕散《せいさいさん》、という一族に伝わる秘薬で、我らは越世遡行を行う。元の身体の命を失う前、木の牌《はい》を懐《ふところ》に忍ばせるのだ。牌には、遡行した先で行うべきことが書いてある。私は、姚皇后を廃して国を救う、と書いた。本来、私は他のことをしてはならないのだ」

子照は、実際に牌に書かれたとおりに行動した。だが、それでは国を救えないと判断し、手段を変えたことになる。壮士としての正しさを取るか、目的である救国の道を探るか。子照は後者を選んだのだ。

「でも、上手く進んでいるじゃない。彼が遡行者なら、理解してもらえるわ。彼だって、

「私が遡行者だと気づいていようといまいと、己が抱いて死んだ牌に従うだろう」

「壮士の行動は、竹の如《ごと》くまっすぐであらねばならない。彼もそうだ。国を救おうとしているのだし」

「じゃあ、彼の目的は……」

白瓊は、ここで言葉を止めていた。

もし子照が遡行をしていなければ、どうなっていただろう。

死ぬまで雑務をこなすばかりで、聖女と呼ばれるほどの功績を残したとは思えない。

けれど、実際に政務を行っていたのは白瓊だ。もし、有事の際に大きな決断をする段になって、障害になり得るものなど一つしか考えられない。

（もしかして、炯親王の目的って……）

子照は、白瓊が気づいたものを察したのだろう。一度うなずき、

「恐らく、壮士の目的は、私の排除だ」

とこちらの推測どおりの言葉を口にした。

「排除……」

子照の知る未来では、照帝が明君で、白瓊が悪女だった。白瓊が聖女になるのなら、逆に照帝が暴君となっていてもおかしくない。

「殺すつもりだろう。照帝が盛られていた毒は特殊で、一皇族が扱えるものではない。壮

士の手によるものと思えば、説明がつく」

「じゃあ、貴方が遡行した後の世から来て、貴方が器に入るより前に炯親王の中に入った……ということ？」

「恐らく。昨年の秋に私がこの身体に入る以前に、彼は照帝に毒を盛ったのだ」

ざわっと全身が総毛立つ。

皇后ならば廃位して山に押し込めればいい。だが、皇帝相手ではそうもいかない。手段は限られる。壮士の行動の単純明快さから察すれば、あり得る話だ。

「と、止めましょう。なんとか説得して――」

「できない。則なのだ。彼は正しい。照帝は暴君で、貴女は聖女だ」

くしゃりと白瓊の顔が歪んだ。

子照が、いかに一族と則を重んじているかは知っている。だが、だからといって簡単に受け入れられるものではない。

手にしていたはずの正しさを、手放すのは困難だ。

まして、国を救うほどの大事であればなおさら。

「でも……貴方は照帝じゃないわ。貴方は貴方よ。暴君にはならない。そうよ。問題は起きないわ」

「そうであったとしても、彼の目には打倒すべき敵に見えているはずだ。魂が、器に引きずられることはままある。ただ……唯一の救いは、彼が、貴女を味方と認識していることだ。危害は加えないだろう」

「もう危害なら加えられている。貴方の名を騙《かた》っておびき寄せ、出口を塞いで迫ってきたのよ？　彼は味方だなんて言ったけど、要するに私を利用して、操ろうとしているだけじゃない。嫌よ。私は嫌。あんな人の言いなりになるなんて！」

嫌、と繰り返して、白瓊は子照の手をぎゅっと握った。

白瓊は、馬ではない。使えるの使えないのと利用され、死ぬまで望まぬ荷を運ばされるなどまっぴらごめんだ。

「白瓊……」

「彼らは悪法を止めようとした？　離宮建造を止めようとした？　内乱を防ごうとした？　朝議に出てこないのは、炯親王だって同じじゃない。彼の方が先にこの世に来ていたのなら、朝議に出る努力くらいはすべきよ。今の私たちは、彼よりずっと前に進んでいるわ」

前に進んできた。一歩、一歩と、確実に。

それらがすべて無駄だったとは思いたくない。

「私には、正しさがわからないのだ。彼にも、彼の正しさがある」

子照の中に、迷いが見える。

命を捨てるほどの、己が従うべき則を知る者だからこその、迷いが。

（いけない。子照の心が折れたら、国を救えない）

国を救いたい。そして、彼の錨になりたい。

白瓊は、必死だった。つかんだ手を、放したくない。

「子照。貴方は、私を守ると約束したはずよ」

「もちろんだ。必ず守る」

「私の名誉を、彼らは守ってくれないわ。今日一日でわかったはずよ。彼らの思惑にはまるということは、張貴人の誘導どおり根性の悪い女になって、炯親王のやり口にはまって姦婦と謗《そし》られるということよ。貴方だけなの、私の名を守ってくれるのは」

自分を質にして、子照の助力を乞うのが正しいやり方とは思えない。

けれどこの時の白瓊には、他の道が思いつかなかった。

「たしかに……そうだな。彼らのやり口に任せていては、守れぬものがある」

「こちらのやり方を示しましょう。帰ったら、すぐにも朝議に出るの。悪法成立を止めれば、彼も我々が無力ではないと理解するはずよ」

子照は、難しい顔で考え込む。

見失った正義を取り戻すには、長い思考が必要なのかもしれない。

「……貴女を、守りたい。私にとっては、それが正しさだ」

「私にとっても、貴方を守ることが正しさよ。子照」

正しさとは、なんだろう。

子照を見つめながら、頭の隅で白瓊は考えていた。

照帝と炯親王。一体なにが違うというのだろう。どちらも同じ先帝の子。そして中身は国を救うために命を捨てた壮士。

だが、白瓊にとっては、まったく違う。

違うと感じる根拠は、しかし盤石《ばんじやく》のようで実際は曖昧だ。

(これは、本当に国を救うための道なの？　私は、正しい？)

子照の手を握ったまま、そっと寄り添う。

胸の内に湧いた疑問を恐れるように、口を閉ざしたまま。

月が、美しい。まるで『孤月想《こげつそう》』だ。もう白瓊は、相愛の二人と自分たちを重ねることを心で否定はしなかった。


翌日は、早い時間から池の端での宴が再開されていた。

天幕の周辺には人が集まり、楽の流れる中、舞台の準備が進んでいく。

そこに、静かなざわめきが起き、広がった。

照帝と皇后が、小船で会場に乗りつけたのだ。

見つめ合い、微笑《ほほえ》み合い、仲睦《むつ》まじそうに手を取り合って。

その様は、照帝が病弱だとの噂や、皇后と不仲であるとの噂ばかりか、昨日の不可解な一幕の影を人々に忘れさせた。

二人は、舞台に近い天幕に入り、隣り合った席に座る。

会場は、最初こそ驚きに包まれたが、若い夫婦に好意的な雰囲気に変わっていく。

その視界に、天幕ではない、白い布がひらりと入り込んだ。

（やっぱり、来たわね）

手に丸い瓶子《へいし》を持った炯親王が、今日も白い袍で現れた。

意地の悪い笑みを貼りつける様は、容姿の端整さを忘れさせるほど不快だ。

白瓊は口元を隠しつつ、軽く会釈をした。

勝手に近づいてきて酌《しゃく》をしようとするのを、手振りで断る。

「おや、つれない。昨日の虹橋殿では、もっと親しくお話ししましたものを。――そうそう、お忘れ物が、もう一つ」

懐から出してきたのは、昨日と同じ簪だ。

茉莉が確認し、落とした簪が二本であることは把握している。あえて一本しか戻さなかったのだから、目的は明らかだ。

スッと子照が立ち上がり、それを代わりに受け取る。

「すまないな、炯承。……ん？　これは、私が贈ったものとは違うようだ」

しげしげと眺めたあと、子照が炯親王に向かって言った。

白瓊も受け取り、違う、と首の動きだけで示す。

「違う？　そんなわけはない」

「炯承。この簪は、どこに落ちていたと言った？」

「紅橋殿でございます、兄上」

口元は笑んだまま、しかし目元を不機嫌に細めつつ炯親王は答える。

にこり、と子照は明るく笑んだ。

「あぁ、思い出した。これは、張貴人が挿していた簪だな。ふむ……すると二人とも、昨日は虹橋殿にいたということに――」

子照がすべてを口にする前に、ガシャン！　となにかの割れる音がした。

（……！）

驚きに、身体が竦む。

音のした方を見れば、ふわりとした薄紅《うすべに》色の袍を着た可馨が、そこに立っていた。

足元には、酒器が割れ散らばっている。

「ち、違います！」

慎ましい女にあるまじき声量で、美しい人は叫んだ。

青ざめた顔で、わなわなと震えながら。

「では、炯承の勘違いだな。忘れてくれ」

この場で、彼らの関係を糾弾《きゅうだん》するつもりはない。ただの牽制だ。

子照は退こうとした。しかし――可馨はふわりとした薄紅色の着物の上から、腹に手を当てた。まるで、そこにあるなにかを守るように。

「違う！　違います！　この子は……天子様のお子でございます！」

悲鳴のような声で叫んだあと、可馨はくるりと背を向け天幕を出ていった。

薄紅色が視界から消えても、白瓊は動くことができない。

（お子って……可馨は身籠《みごも》っている……の？）

少し離れたところでも、がしゃん！　と音がした。

そちらの音は、可馨の父親の張伯飛が、酒杯を叩きつけたがために起きたようだ。

立派なヒゲをたくわえた男は、憤怒《ふんぬ》の表情でその場を去る。背の高い関峰心は「呆れた無礼者め」と悪態をついていた。

「子照……これは、どういうことです？」

「わからない。まさか、彼女が身籠っていたとは……」

子照は、額を押さえている。

来賓らの多くは、この一幕に戸惑っている。今を時めく張家の娘で、美貌《びぼう》の妃嬪が懐妊《かいにん》した。本来はめでたい話のはずだ。だが、少なくとも父親になる照帝は喜んではいない。

外祖父になるはずの張伯飛も。
（いけない。不義の子なんて、思わせてはいけないわ――絶対に）
この場で、子照と、その子の名誉を守れるのは自分だけだ。
とっさに白瓊は立ち上がり、子照に向かって拱手の礼を取る。
「皇上、おめでとうございます。御代に幸あれ」
皇后の祝辞により、やっと妃嬪の懐妊を祝う空気が生まれた。
御代に幸あれ、と唱和が広がる。
そこに歌劇のはじまりを告げる、銅鑼《どら》の音が聞こえてきた。
集まっていた来賓らは、それぞれの天幕へと戻っていく。
炯親王の白い袍は、もう見えなくなっていた。
（もし可馨が本当に身籠っているのなら、子照の子のはずがない）
子照は、他人の妻と同衾するくらいならば、死んだ方がましだと言った人だ。
初夜でさえ拒んだ人が、子の父親であるはずもない。
白瓊は、椅子に腰を下ろす。
子照の顔を、見ることができなかった。
「白瓊――」
「なにもおっしゃらないで。わかっています」

問いただす必要もない。疑う余地はないと思っている。

しかし、可馨の入宮から今日までの期間は三カ月程度しか経《た》っていない。

（そんなこと、可能なの？）

後宮で生まれた子は、たとえ奴隷《どれい》の子であろうとも天子の子。妊娠した状態での入宮など、許されるものではない。身体の検査や、身辺調査もされるのは経験済みだ。

（張伯飛の態度といい、照帝陛下と張家の間になにかがあったと見るべきね。でも、なにが……？　あれだけの殺戮《さつりく》さえ話してくれた、紅袍の者や、雲霞の美女も知らないこと？）

舞台では、歌劇がはじまっていた。

紅雲演じる郎君と春霞演じる秋姫が、天の怒りを受けて引き離される。

ふと、思った。烔親王と可馨が、婚約者として思い合っていたのなら——と。

二人が太后の気まぐれで引き離されていなければ、今頃、可馨は幸せな日々を送っていたのかもしれない。

（子照と私のように、彼らも協力者だったのよね？　遡行の時期によっては、烔親王の方が先に、私を協力者に選んでいた可能性だってあったんだわ）

白瓊は、孤独だった。

夫に顧《かえり》みられることもなく、ただ雑務に追われる日々。

そんな時に、彼に手を差し伸べられていたのなら。貴女の味方です、と言われていたのなら。彼しか知らなかったなら。

（どうなっていたかしら。想像もつかない）

きっと、今とはなにもかもが違っただろう。けれど、子照以外の人と手を携えて国を救わんとする姿が、像を結ばない。

それはきっと、自分がもう彼を選んでしまったからだ。

「貴女にだけは伝えておく」

「……はい」

「照帝の後継者には、出生に暗い秘密があったといわれている」

子照が耳元に囁いた言葉に、どくん、と心臓が跳ねる。

出生の秘密。つまり不義の子の可能性があるということだ。

姚皇后の悪女としての噂が、すべて真実とは限らない。張貴人の子が実際は殺されておらず、無事生まれていたとすればどうだろう。

「では、もしや……」

今、可馨の腹にいる子が、照帝の後継者になる――のかもしれない。

「わからない。だが、十分に考えられる」

炯親王との不義。出生に秘密のある子。

未来において姚皇后の悪行とされた逸話の正体が、はからずも見えた。

――独り佇む幽篁の室。孤月に想う愛しき人。

――相想えども触れえず。ただ彼の人の莞爾たるを望む。

舞台の上で、二人の役者が、月を見上げて互いを思って歌っている。

会場に、陶酔のため息が広がっていく。

切なく思い合う愛の歌。そして、再会。

しかし二人が生まれた家は、敵同士。喜びは束の間だ。

秋姫の婚約者が現れ、二人はまた引き裂かれる。

――嗚呼《ああ》、嘆くべきこの定めをいかんせん。

――こいねがわくは次の世に、鴛鴦《えんおう》となりて翼を並べたし。

次に生まれ変わったら、最初から貴方と夫婦でありたい――と郎君と秋姫は歌う。

歌が終わり、わっと拍手が起きるまで、二人は手を重ねたままだった。

万雷《ばんらい》の拍手に、役者たちが笑顔で応えている。

ちらりと見れば、太后が大きな拍手を送っていた。犬が逃げ出すほどの勢いで。

「素晴らしいわ！　素晴らしい！　なんて美しいの！」

太后の熱狂は、来賓たちの熱をさらに盛り上げた。

役者たちが、太后の天幕の前に招かれる。

「とっても素敵だったわ。貴女たち、なにか望むものは？　なんでもいいわ、この美しい舞台に報《むく》いたいの」

太后は上機嫌だ。凜々《りり》しい姿の紅雲は、皆の顔を一度見てから、

「もったいないお言葉でございます。しかし、いただいた賛辞に勝る宝はございません」

と優雅に一礼をした。

「まぁ、謙虚ね」

周りに集まっていた来賓たちも、もう一度大きな拍手を送る。

白瓊は、太后の横に立った。

「太后様。そろそろ古樫閣にお戻りになられませんか？　宴席を用意してございます。そちらで、もう一度歌だけでもお聴かせできればと」

「あら、それはいいわね。急ぎましょう。あの歌を、もう一度聴きたいわ！」

「お気に召したようで幸いです。太后様のためにと、皆も力を合わせましたので」

輿は用意されていたが、太后は白瓊と並んで歩き出す。

ゆるやかな丘を、他の来賓たちに先んじて上る太后の頰は、日傘の下でもわかるほど紅潮していた。

「素晴らしかったわ、本当に！　続きを見せて。いつできるの？」

「すぐに準備にかかりましたら、観楓《かんぷう》の宴には間に合うかと」

「半年も先？　いえ、あれだけの舞台ですものね。時間もかかるわ」

「はい。できましたら、定期的にお届けできればと思っております。舞台がお好きだった柊帝陛下のご供養にもなりますし」

「そう……そうよね」

そんな事実は、ない。

柊帝が、歌舞音曲《かぶおんぎょく》の類を好んだとは一度も聞いたためしはなかった。

白瓊も、そんなことは承知の上だ。太后とてわかった上で会話は進んでいる。

「そうですとも。四季の折々に歌劇を上演できたら、これ以上の供養はございませんわ。あぁ、でも、今は時が悪うございますね。残念ですが、いずれ機を見て。二十年、三十年もすれば、祭祀費もたまりますでしょう」

祭祀費さえ残っていれば、この目新しい楽しみに金を投じることもできただろうに。張家に任せて金を横流ししたがために、それも叶わない。残念だ、と白瓊は言った。

餌をつけて、釣り糸を垂らすようなものだ。

生きている内に、完成するかどうかもわからない巨大な離宮は、飽きっぽい太后の口にはそのまま入らない。

だが、この餌は違う。手頃で、美しく、キラキラとしている。

「もし……祭祀費が残っていたら、どうするつもりだったの？」

「実は関家から、腕のよい工人を紹介されたのです。社院などを手掛けていたとかで、素晴らしい案を持っておりまして。なんでも、四つの楼閣《ろうかく》を、それぞれ四季を象った意匠で建てるという夢のような話なのです。その中心に、大きな芝居の舞台を作ってはとの提案で。芝居のお好きな柊帝陛下のご供養にもってこいだと思ったのですが……」

太后の目が、輝きだした。目の前の餌に、狙いを定めるように。

「まぁ、それは素敵ね！」

「年に二度の宴で、そんな美しい舞台を囲むことができたらどんなに素敵でしょう。あぁ、よろしければ、夫人からお話をうかがってはいかがです？　話だけでも」

「そうね！　そうするわ。話だけけね」

白瓊が目で合図すると、近くで待機していた関家の夫人が「お初にお目にかかります」と太后にさっそく声をかけていた。

張家に対抗するため、関家への根回しは、秀麗を通して続けてきた。

腕のよい工人は実際にいて、派手好きな太后の心を揺さぶる案を、何度も手紙のやり取りをして練り上げている。

関家の夫人は穏やかな身振り手振りで建物の話をしている。

太后は、目を輝かせてそれを聞いていた。

（関家との接触だって望ましいものではないけれど、背に腹は代えられないわ。これで、上手く張家と縁を切ってくれたらいいのだけれど……）

廟の蠟燭の件で、太后と張家との間には亀裂が入っている。

これを機に、太后には張家と距離を置いてもらいたい。祭祀費を取り戻したい、くらいは言ってもらいたいところだ。巨額の資金を失えば、離宮建造の道も途絶えるだろう。

魅力的な歌劇に、夢のように美しい舞台と楼閣。美しいものを愛する太后にとっては、垂涎《すいぜん》の企画であるはずだ。乗り換えれば、離宮の千分の一以下の規模で済む。

楽しそうに話す太后の姿が、ぐらりと急に揺らいだ。

いや、揺らいだのは視界の方だ。

（……あら、変ね。なんだか、眩暈《めまい》がする）

高揚が身体に影響を与えているのか、視界が揺らいで定まらない。

しばらく堪えて歩いていたが、ついに足が止まる。

「奥様？　まぁ、お顔の色が優れませんわ。輿を呼びましょう」

茉莉の声が、遠く聞こえた。

今日は、歌劇の話で社交をしておきたいところだ。

華やかな舞台と自身を関連づけて、印象をよくしたい。あの腹立たしい烔親王がしかけてきた罠の影響を、消し去るほどに。

そうと思ったあたりから、記憶が曖昧になる。

茉莉が「まぁ！　お熱が！」と叫ぶ声が聞こえ、そのうち瞼《まぶた》も上がらなくなっていた。

目を覚ました時には、もう夜になっていた。

外の喧騒《けんそう》が、かすかに聞こえてくる。社交の機会を逸したことだけは理解できた。

（なかなか、上手くはいかないものね……）

成果に不満はあれど、このあたりで満足するのが賢さというものだろうか。

こぼれたため息に、まだ熱がこもっている。

もう少し、身体を休めておきたい。またうとうととしていた頃――

「是非とも、薬湯を差し上げたいのです。一族に伝わる、特別なものでございますから」

茉莉ではない、女性の声が聞こえてきた。

「恐れ入ります。奥様はお休みですので、明日の朝に差し上げましょう」

応対している声は、茉莉のものだ。

誰かが、薬湯を届けに来てくれたらしい。

（薬師《くすし》？　もしかして、柯老師《ろうし》が来てくれたの？）

これまで勝手に男性だと思っていたが、柯老師は女性であったのかもしれない。

扉のあたりで「今すぐ」「いいえ、明日」としばらく押し問答をしているのが聞こえていたが、その内、眠気の波に飲まれていた。

再び意識が浮上した時、辺りはひどく静かだった。窓の向こうに夜明けの気配はないので、深夜なのだろう。

薬湯のにおいが、濃く香る。茉莉が、先ほどのものを温め直してくれたのだろうか。ことと、と音がして、薄絹の向こうの卓に、紅い盆に載った椀《わん》が置かれたのが見えた。

薄暗い部屋で、灯りに照らされた人影が薄絹に映っている。茉莉ではない。

なんとはなしに、彼が柯老師だという確信を感じる。

「柯老師……？」

「…………」

はっきりとは見えないが、影がかろうじて肯定を示した。

影は男性のそれである。先ほどの女性は別人だったらしい。

「あぁ、会えてよかった。ずっと貴方にお礼を言いたかったの。皇上を救ってくださって、ありがとう。お陰で、大切な人を失わずに済んだわ。貴方がいなければ、私の人生は、今とはまったく違っていたと思うの。今は、これまでの世界が嘘みたいに色鮮やかよ」

「恐れ入ります」

囁くような、かすかな声が返ってくる。

「輝雨《きう》のことも、玉鈴のことも、守ってくれてありがとう。……私のことも。ちゃんと約束を守っているわ。毒見の済んだものしか口に入れていない。安心して。他の皆にも伝えてあるから」

卓の上にあった椀を両手で持って一口含む。

いつにも増して苦い。けれど身体にじんわり染みていくのが心地いい。

「私はなにも……」

「なにを言うの。貴方のお陰で、どれだけ安堵して暮らせているか。感謝してもしきれない。それに、皇上が健康でいらっしゃることはかけがえのない宝よ。私にとって、あの方は唯一の……極星《きょくせい》のような存在だから」

腰が曲がった老人かと思っていたが、柯老師の佇まいはずいぶんと若く見える。

少しの好奇心が、牀《しょう》を囲む薄絹に伸びそうになったが、白瓊は「ありがとう」ともう一度伝えるに留めた。

また襲ってきた眠気に身を任せ、次に目覚めた時にはすっかり回復していた。

「おはようございます、奥様。まぁ、顔色もよくなって。薬湯がよく効きましたわね」

「熱も下がったみたい。ごめんなさいね、昨日は宴が楽しめなくて」

茉莉は、白湯を用意しつつ苦笑した。

「お気になさらず。私には少々騒がしすぎました。あぁ、皆様、お見舞いにいらしていたんですよ。――柯妃様も」

柯妃、と聞いて、白瓊の眉間《みけん》にはシワが寄る。

強烈な初対面以降、よい印象がまったくない。だが、頭の中で、昨夜聞いた声と、柯妃の声が一致した。

「あぁ、声がしていたわ。あれは柯妃様だったのね」

「聞こえておられました？　病人がいるというのに、大声を出されるので参りました。なんというか……独特な方でございますね。作法もなにもご存じなくて、訪問の際の木札も持ってこられませんでしたし。庭の火事騒ぎの時も、太后様の天幕が焼けた時もですが、どうにも……」

柯老師も柯氏で、柯妃も柯氏。一族に伝わる薬湯、とも言っていたので、柯氏とは薬師の家系なのかもしれない。――そういえば、子照も薬には詳しい。

「柯氏というのは、無名な一族だとばかり思っていたけれど、そうではないのかもしれないわね。皇上の御生母だって、柯氏ですもの」

「まぁ、そうかもしれませんが……柯妃様は、常の貴族のご息女とは、あまりに違っておりましたよ。……薬湯も、紅い盆には載っておりませんでしたし、蛇《へび》やら蜥蜴《とかげ》やらが入っていては困りますので、処分させま――あら、まぁ、陛下」

会話の途中で、子照が寝室に入ってきた。茉莉は慌ただしく「お茶をお持ちします」と部屋を出ていく。

「白瓊。具合はどうだ？」

「すっかりよいです。来賓の皆様のお見送りに間に合って、ようございました」

「そうか。それはよかった」

なにやら、彼の表情が明るい。

声まで明るいのは珍しく、つられて笑みを浮かべていた。

「なにか、よいことでもございました？」

「あぁ。天祥城《てんしょうじょう》に帰ったら、すぐにも朝議に出るつもりだ。張家と手を携えることはできない。悪法を阻止し、離宮計画を潰《つぶ》す。それだけを考えたい。玄冬派とも、その方向で話が決まった。内乱への備えは十分に進めるつもりだ。その後の人事の刷新と国防強化についても、準備は進めている」

変化は彼の心境だけではなく、実際の政治にも及んでいたようだ。

白瓊は、笑みをそのままにして、何度もうなずいた。

「正しいご決断です」

「大切なものを、守りたい。そのためならば、迷いは不要だ」

子照は、自分の手を一度見てから、ぐっと握りしめた。

深い迷いから脱し、正しい道を改めて見出したようだ。

不安になるほど、子照の表情は明るい。

いずれにせよ、この道は、正しい。そう信じるしかないのだ。

白瓊は笑顔でうなずき、子照の明るさを歓迎することを決めた。

第四話
二つの正義

天祥城《てんしょうじょう》に帰った翌日、子照《ししょう》は朝議に出席した。

照帝《しょうてい》が朝議の席に就くのは、実に七年ぶり、即位直後以来である。

白瓊《はくけい》は、数段高くなった皇帝の席の後ろに細かい格子《こうし》の衝立《ついたて》を置き、一段下がったところに椅子《いす》を置いて待機していた。

（いよいよだわ……）

腿《もも》の上に置いた手が、袍《ほう》をくしゃりとつかんでいた。

横に控えた猫児《びょうじ》が、扇《おうぎ》をゆるゆると動かしていたが、風を感じる余裕がない。

朝議を行うのは、盤古殿《ばんこでん》という後宮からほど近い場所にある、大きな建物だ。代々の皇帝が政務を行ってきた場所で、堂々とした黒い柱が聳《そび》え、荘厳《そうごん》な天井は高い。

朝議に参加する重臣は、六省九部を支える計四十二名。

東潔《とうけつ》派二十名に、西清《さいせい》派十九名、玄冬《げんとう》派三名。

ガラン、ゴロン、と大きな鐘が鳴らされ、朝議がはじまる。

宰相《さいしょう》が、開会の挨拶《あいさつ》をしたのち、最初の立案書を読み上げ出した。

後の世に百姓《ひゃくせい》動員法、と呼ばれることになる悪法が、生まれようとしている。曰《いわ》く、国事にあたり動員可能な男子の範囲を今後、広くするという内容だ。

柊帝《しゅうてい》の慰霊《いれい》のための人員確保だと、遠回しに説明が続く。ここまでの経緯は、白瓊も書類で確認済みである。現段階では無害に見えるが、この法の拡大解釈と、過酷な運用はいずれ国を傾けるという。千人、万人を殺す悪法だ。

「民には、日々の暮らしがある。これを守らぬ法はあってはならぬ。動員法の成立には慎重になってもらいたい。よって否《いな》とす」

諸臣らはサッと頭を下げ「皇帝陛下のご聖断を承《うけたまわ》ります」と声を揃《そろ》えた。

直後に、頭を下げていたはずの張伯飛《ちょうはくひ》が、こちらをにらみつけるのが見えた。不敬なほどの強さで。

宰相はオロオロしていたが、出ていく張伯飛を止めることはできなかった。

いずれ起きる張家の内乱を制御下に置き、平定後は国防の再編成を行うところまで話は進んでいる。未来に、光は見えているのだ。

それでも、身震いするほど恐ろしい。

越世遡行《えっせいそこう》をした壮士《そうし》が、未来のために運命を大きく変えた瞬間だ。

事が大きく動いたことも、見えず、聞こえぬところで起きているであろう反動の予兆も、恐ろしくてならない。

誰かに、正しいと言ってほしい。間違っていないと言ってほしい。

海原《うなばら》の孤舟《こしゅう》のごとき、圧倒的な孤独が襲ってくる。

ガラン、ゴロン、と大きな鐘が鳴り、朝議は終わった。衝立の中に、子照が戻ってきた。

白瓊は、濃い疲労を滲《にじ》ませた子照の手をぎゅっと握り、自分のために用意された椅子に座らせる。

「お疲れ様でした。ご立派です」

彼の顔は青ざめ、冷や汗が額《ひたい》に浮いている。

諸臣の衣擦《きぬず》れの音が遠ざかり、聞こえなくなるまで、二人は息を殺して待つ。

「なんとか、止められそうだな」

「はい。表のことは玄冬派に任せましょう。後宮のことは、私にお任せを。……大丈夫です。私たちは、前に進んでおります」

動員法が潰《つい》えたことで、離宮建造の工期は大幅に延びた。柴太后《さいたいこう》の目に、輝きは目減りして見えるだろう。ここで歌劇と美しい建物で心を蕩《とろ》かせば、計画も阻止し得る。

あとは、張家の内乱をいかに小規模に収めるかだ。

「兄上」

衝立の向こうから、声が聞こえた。

声は高い天井にあたって、不思議な響き方している。

兄、と子照を呼ぶ者など、炯親王《けいしんのう》くらいしかいない。

子照は少し躊躇《ためら》い、しかし、人払いをしてから衝立の向こうに出ていった。白瓊も横に並ぶ。広い堂の真ん中に、白い袍の炯親王が立っていた。

その頰《ほお》には、相変わらず不快な笑みが浮かんでいる。

子照が「なんの用だ」と低い声で聞いた。

「炯承《けいしょう》。話があるならば、朝議に出てこい。そなたも形ばかりとはいえ、尚祀省《しょうし》の長ではないか」

「ふん。朝議に出ろと、貴方《あなた》に説教されるのは心外だな」

ふっと炯親王は鼻で笑った。

宦官《かんがん》らが扉から出ていくのが、音でわかる。

「これまではいざ知らず、今後、私が朝議を休むことはない」

「まるきり別人だ。――いや、まったくの別人になったな。柯子昭《かししょう》だろう？」

明らかな動揺が、子照の顔に浮かんだ。

柯子昭。恐らく、それが照帝の器《うつわ》に入った、魂《たましい》の名なのだ。

子照と呼んでくれ、と彼が望んだ理由が、理解できた。

（柯……子昭……柯――照帝陛下の御生母と同じだわ）

蒼《そう》王朝を建てた陶《とう》氏が、契約したという薬師《くすし》の一族は、柯氏であるらしい。

皇帝の母親も、遡行した壮士も、薬師も、炯親王の妻も、柯氏。政治にまったく関わらぬ一族ながら、その存在はあまりに大きい。

「よせ。その名で呼ぶな。則《のり》を知らぬわけではあるまい」

「構うものか。我が名は柯杷泉《はせん》だ」

はっきりと、炯親王を器とした青年は名乗った。

彼は、一族の則を破ったのだ。

（壮士は則に雁字搦《がんじがら》めにされているものと思っていたけれど……違うの？）

名乗ること自体は、やはり禁忌《きんき》なのだろう。子照――子昭の表情から、事態の重さは感じ取れた。

恐らく、彼の方が型破りなのだ。

「――『審判』になる」

「望むところだ。壮士の役目は、国を救うこと以外にない。いいか、次の朝議で、張家は再び同じ提案をする。それを容れろ。それしか内乱の危機を回避する手段はない」

柯杷泉と名乗った青年は、子照を見上げて高圧的な口調で命じた。

まるで、子昭の愚《おろ》かさに呆《あき》れるような調子で。

「できない。あれは悪法だ。国を滅ぼす」

「張家との内乱だけは、避けねばならん。そちらの方がよほど危険だ。今すぐにでも詫《わ》びを入れろ。離宮でもなんでも、建てさせればいい。国境の警備だけ、厚くすれば済む」

「人が死ぬ。悪法は千人を殺し、万人を飢《う》えさせる。離宮とて同じだ」

「国さえ滅びなければ――いや、異民族に柯邑《かゆう》が蹂躙《じゅうりん》される未来だけ、避けられればいい。他に大事なことなど、なにがある？」

柯邑というのは、柯氏の本拠地なのだろうか。

恐らく、杷泉はこう言っている。――一族以外がどれほど死のうと知ったことか。

考え方が、根本から違っている。違いすぎる。話し合えばわかりあえるのではないかという望みは、泡沫《ほうまつ》のごとく消えた。

「皇帝に毒を盛って殺すことも、お前の救国なのか？」

「そうだ、自明だろう。私は誇り高き壮士だ。国を滅ぼす元凶を消すのに躊躇いはない。照帝は暴君だ。暴虐《ぼうぎゃく》ぶりは、最晩年に頂点に達する。暴君を器にした貴方が引きずられぬという保証がどこにある？　理解できるなら、今すぐに死ね」

迷いのない言葉だ。彼にとっては、最善で最良の手段なのだろう。

――何千、何万の骸《むくろ》の山を築いたとしても。

たまらず、白瓊は慎《つつ》ましい範囲で一歩前に出た。

「あの……差し出口で恐縮ですが、子昭は照帝陛下とは別人です。引きずられてなどおりません」

蚊《か》の鳴くほど細い声で言えば、杷泉は嬉《うれ》しそうに目を細めた。

「あぁ、姚皇后《ようこうごう》。美しいばかりで使えぬ駒《こま》が、ご無礼を重ねたことと思います。しかし、どうぞご安心ください。決して貴女《あなた》に危害は加えませぬ。少しの間、坤社院《こんしゃいん》に入っていただけましたら、それでいいのです」

優雅に礼をする様は、ふざけているようにしか見えない。

この場に、慎ましさは必要ないようだ。白瓊はキッと鋭く杷泉をにらむ。

「もう一度言います。子昭と照帝陛下は別人。我らも国を救うために、努力を重ねてきました。張伯飛に頭を下げることが、国を救うために必要だとは思えません」

杷泉は「あはは」と明るく笑う。

「なんと無垢《むく》なお方か！　汚泥《おでい》の中にあって咲く蓮《はす》の清さには、まったく驚くばかりです。さすがは聖女。――あぁ、そうだ。あの太后にでもおうかがいすればいい。照帝の汚らわしさが、よくわかるでしょう。いずれ、中の男も器に引きずられ、同じようになる。卑劣《ひれつ》で、残忍な暴君に！」

杷泉は白瓊にだけ礼をして、くるりと背を向けた。

ひらりとなびく袍が、眩《まばゆ》いほど白い。

最後に「張家の法案を通せ！」と言い捨て、扉の向こうに消えていく。

「子昭……」

白瓊は、玉座の前に座り込んだ子昭の横に座った。

白昼に幻《まぼろし》を見たかのように、子昭は呆然《ぼうぜん》としている。

「わからない。張家の法の評価が、変わったのだろうか……私と、彼が遡行した時期の差はせいぜい十五年程度のはず。たったそれだけの間に、なにがあった？」

「彼は何者なのです？　子昭というのは、貴方の名……ですよね？」

「あぁ。杷泉は……甥《おい》──兄の子だ。私が遡行した頃は幼かったが、覚えている。炯親王を器にしているのだから、杷泉も近い年齢になっていたはずだ」

杷泉には、杷泉の正義がある。

子昭にも、子昭の。

同じ目的で命を捨てた二人は、今は別の方向を向いていた。

杷泉は、暴君がすでに器でしかないことを知りながら、照帝を殺す気でいる。そればかりか、張家との融和《ゆうわ》を目指し、悪法も離宮建造も容認するつもりだ。人が死ぬ。

「彼は、禁忌を──いえ、そもそも柯氏とは一体なんなのです？」

子昭は、一度深いため息をついた。

顔色は悪いままで、深い絶望が見て取れる。

「我らは──柯氏は、遥《はる》か昔に海を渡って中原《ちゅうげん》にたどりついた一族だ。柯邑という、地図には載らぬ隠れ里で、代々伝わる薬草を育てて暮らしている。全員が同じ姓だ。一族全員が、薬師として育てられ、薬師として生き、死んでいく。越世遡行が可能になる秘薬を含めた独自の薬学の知識と、海の向こうから運んできた薬草と、一族を守ることが、人生のすべてだった」

白瓊は、昂羊宮《こうようきゅう》の古樫閣《こけんかく》の庭で起きた小火《ぼや》騒ぎのことを思い出していた。

燃やしてしまった薬草を守らんとして、柯妃が火につっこもうとしていたことを。あれは、柯氏としての本能であったのかもしれない。

「それで、その一族が陶一族と手を結んだのですね？」

「あぁ、そうだ。特殊な血ゆえ、古くから迫害は行われていた。それを救ったのが陶一族だ。柯一族は庇護者《ひご》を求めていた。蒼王朝の高祖は、己の勝利のために百度、壮士に遡行をさせたと伝わっている」

──高祖は、五十年の乱世を十の戦場でことごとく勝ち蒼国を建てた。

常勝の神の如《ごと》き智謀の裏にあったのは、多くの壮士たちの死であったらしい。

「百人……では、二百人死んだことになります」

「それだけ、価値のある契約だった」

壮士という美々しい呼称に飾られた、百の死。

陶氏と柯氏との契約の全貌《ぜんぼう》に、白瓊の身体《からだ》は凍えるほどの恐怖を覚える。

「それが、今も続いているのですね……」

「そうだ。皇族を器にするには、柯氏の血が要る。能力の高い薬師の娘が御輿《ぎょよ》の花嫁として選ばれ、代々の後宮に入っていたのだ。照帝の母も、そうだった。恐らく、炯親王の正妃も、本来は後宮に入るはずだった御輿の花嫁だったのだろう」

白瓊には、理解ができない。

柯氏もおかしいが、陶家もおかしい。

遡行が可能な柯氏の血は、特殊で得難いものだ。その薬の技術も。特殊さゆえに迫害される一族を守るため、庇護者を勝たせ、国を建てさせるのも、必要に迫られてのことだろうとは想像できる。

だが、やはり理解しがたい壁のようなものは、依然としてあった。

人知を超えた力と、人柱なくして成り立たない国とは、なんなのだろう。

「子昭。彼は……柯杷泉は危険です。可馨《かこう》を使っての罠も、虹橋殿《こうきょうでん》での罠も、私を坤社院に送って貴方から遠ざけるためだったのでしょう？　すべて、貴方を消すためなら、いつなにをしてくるかわかりません」

「まだ、殺す気はないようだ。今の状態では、貴女に毒殺の疑いがかかると思っているのかもしれないな」

「そうと確証もないでしょう。明日にも殺されるかもしれないのですよ？」

自分の命がかかった話だというのに、子昭は慌《あわ》てた様子もない。取り乱しているのは白瓊だけだ。それがもどかしい。

「この身体を蝕《むしば》んでいる毒は、柯氏の作った高度な毒だ。足のつかぬ遅効性の毒などいくらでもある。人に気づかれず、次第に老いたように衰《おとろ》えて死んでいく毒。酒を飲む度、心の臓への負担を増加させる毒。柯邑に伝わる毒は、多種多様だ。あえて、杷泉は命を奪わぬ毒を選んだ。機を計っているのだろう」

白瓊は、子昭の袍の袖《そで》をつかんだ。

「機が来れば殺す気なのです。彼を、放っておくのですか」

「壮士は一人でいい。近い未来に、答えが出るだろう」

涼やかで、時によっては地味とも評されてきた白瓊の目が、大きく見開かれた。

「それが、先ほどおっしゃっていた『審判』……ですか？」

子昭が杷泉との会話中に発した言葉で、意味のわからなかったのがその一言だった。

審判。それが恐らく、一人の壮士を選ぶ機会なのだ。

「あぁ。壮士は本来、同じ世に複数存在してはならない。複数が存在した場合、いずれかが柯氏の長《おさ》によって選ばれる。それが、審判だ」

「選ばれなかった方は……殺されるのですか」

「そうだ。だから、貴女が手を汚す必要はない」

子昭が、白瓊の手を優しく握る。

この時はじめて、自分がなにを訴えていたかを知った。

杷泉を消せ――と言っていた。このままでは危ない――殺さねば。

自分の訴えの恐ろしさを自覚し、白瓊は目を伏せた。

「……すみません、取り乱しました」

「貴女の手は、清らかであってほしい。聖女とは、まさに貴女に相応《ふさわ》しい評価だ。案じないでくれ。約束は、必ず守る」

白瓊は、子昭の目を見つめた。

たしかにそこにいるのに、ひどく遠い。

（なんと儚《はかな》い人なの）

幻のような人だ。己の肉体さえ持たず、命を狙われ、長の一存で消されるかもしれない。そんな人と、手を携《たずさ》えて国を救わんとするのも、幻のような状況である。

失いたくなかった。この幻を、手放したくない。

「けれど、もし今貴方が死んで烔親王が即位すれば、運命が大きく変わってしまいます。出生に秘密のある後継者というのは、烔親王のことではないのでしょう？　反動を恐れるならば、取るべき道ではありません」

「それらも含めて、審判で答えが出る。我らは、従容《しょうよう》として受け入れるだけだ」

「私は、私たちの正しさを信じています。私たちは国を救うのですから」

「そうだな。我々も力を尽くしてきた。みすみす消されるつもりはない」

幻が、一日でも長く、できれば命のある限り、続いてほしい。

醜《みにく》い私欲か、尊い救国か。

腕が動く限り、書類仕事をするのは構わない。朝起きてから夜眠るまで、仕事をし続けるのも厭《いと》わない。子昭がいようといまいと、そのように人生を終えていたはずだから。

国を救いたい。民を殺したくない。夫の罪を償《つぐな》いたい。それらを正しいと判じるならば、白瓊は正しさを愛している。

そうだ。正しさだけが、心の支えだ。

正しいからこそ、ただ彼と共にいたいという欲を、自分に許すことができるのだ。

「杷泉が、太后に聞け、と言っていた話が気にかかります。紅袍《こうほう》の者や、雲霞《うんか》の美女も知らぬ話であるというなら、私が直接聞いておかねば。今から、行って参ります。贖罪《しょくざい》は
──私の義務ですから」

「あぁ、そうだな。私にとっても同じだ。頼む」

手を放し、一礼して立ち上がった。

盤古殿の玉座のある壇を下りかけて、振り返る。

荘厳な空間に、ぽつりと一人、子昭が座る姿に胸が苦しくなった。

彼は、どれほどの孤独と戦っているのだろう。

柯邑で、柯氏の薬師として育った彼にとって、一族の存在は大きい。彼一人の命よりも。

そんな一族の、甥という近しい親族と正しさを争うことに、葛藤《かっとう》がないわけがない。

子昭、と名を呼ぶと、彼はゆっくりと振り返った。青ざめた顔で。

「子昭。私は、聖女ではありません。大切な人を守るためならば、悪女の汚名に甘んじる

覚悟はあります」

　彼が、どのような感情で、白瓊の言葉を受け止めたかはわからない。

　ただかすかに笑んで「私もだ」とだけ言った。


　面会を申し入れると、太后は夜の蓬山第《ほうさんだい》を指定してきた。

（こんな時間に呼び出すなんて。会話のできる状態なのかしら……）

　太后は、朝から酒を飲むことも多く、夜になると大抵ひどく酔っている。

　不安を覚えつつ、指定された時間に蓬山第に入る。

　一歩足を踏み入れた瞬間、異界にでも迷い込んだような気分になった。

　丸みを帯びた灯籠《とうろう》の火は、幻想的だ。瀟洒《しょうしゃ》な建物の陰影が強調され、どこか艶《なま》めかしい。

「あぁ、来たわね」

　太后は、硝子《ガラス》の酒杯を掲げて、楽しそうに白瓊を歓迎した。牡丹《ぼたん》の花の艶めかしさは、あつらえたように似合っている。

　茉莉《まつり》に「下がっていて」と頼み、白瓊は太后の横に腰を下ろした。

「お時間を取っていただき、ありがとうございます」

「いつか来ると思っていたわ。こういう時が」

　硝子の酒杯で葡萄《ぶどう》酒を勧められたが、白瓊はどうにもこのにおいが苦手だ。

柯老師《ろうし》の毒見を経《へ》ていないものは口に入れぬように言われているが、約束がなくとも飲むことはなかったろう。口をつけるふりだけをして、誤魔化《ごまか》した。

「おうかがいしたいことがございまして――」

「本人に聞いたら？」

太后が、パン、パン、と手を叩く。

（え……？　本人？）

ちり、と瓔珞《ようらく》の音がかすかにして、観覧席の陰《かげ》から可馨がスッと現れた。

可馨は、この暗さでもわかるほど顔色が悪い。

「お呼びでしょうか、太后様」

「皇后陛下は、貴女の腹にいるのが、誰の子か知りたいみたいよ。教えて差し上げて」

白瓊は「酷でございましょう」と止めたが、太后は「早く」と容赦《ようしゃ》なくうながす。

うつむいた可馨は「皇上《おかみ》の……」と声を震わせながら、答えた。

「ということよ。――可馨。もういいわ。自分の殿に帰って」

小さく返事をして、可馨は来た時と同じように、ちり、と音を立てて帰っていった。かけるべき言葉も見つからない。

衣擦れの音も消えると、辺りは静かになった。

「太后様、私がおうかがいしたかったのは――」

「子照様は、どこにいるの？」

どくん、と心の臓が跳ね上がった。

まったく、不意を衝《つ》く問いだ。

「……し、紫昴殿《しこうでん》に――」

慌てる白瓊をよそに、太后はゆったりと足を組み替えつつ、話をはじめた。

「柊帝陛下から聞いてる。陶家の一族には、突然人が変わる者が出てくるって。別人になるそうよ。言葉どおりに。自分の住まいで道に迷い、妻をはじめて見る者のような目で見るようになる。親を殺す子や、子を殺す親もいるそうよ。……子照様は、変わってしまわれた。柊帝陛下がおっしゃっていたように……もう、この世にはおられないのよね？」

くい、とまるで最初の一杯のような軽さで、太后は硝子の酒杯を空ける。

白瓊は酒杯に葡萄酒を注いだ。その手が、わずかに震えた。

「私の口からは、お答えできません」

「去年の秋にね、子照様はいつものごとく色街に繰り出したの。妓女《ぎじょ》を見初《みそ》めてくるのには慣れてたわ。もう十何人もいたんですもの。でも、その時は違ったの。相手が、よりによって張家の娘だったのよ。それも、炯親王の婚約者。色街の近くにある社院への参拝の途中を襲って、三日も妓楼《ぎろう》の中に閉じ込めて、慰《なぐさ》み者にしたとか」

胸が締めつけられる。なんと酷《ひど》い話だろう。

それを知った上で、太后は可馨にあの告白をさせたのだ。輪をかけて酷い。

いや、もっと酷いのは、あの観桜《かんおう》の宴《うたげ》で「この子は皇上の子です」と言わせた子昭なのかもしれない。自分を凌辱《りょうじょく》した男に、不貞を疑われるのは耐え難い屈辱《くつじょく》だったろう。

「そ、そのようなことが起きていたとは……存じませんでした」

紅袍の者も、色街での乱行ぶりについては言及していた。

ただ、白瓊の方も知識に乏しく、紅袍の者もそれと察していたので、あまり具体的な話にはなっていなかったように思う。知らなかった。だが、知らなかったからといって、なんだというのだろう。恐ろしい出来事は起き、人が傷ついたのは事実だ。

「知らなかったでしょう？　貴女は、なにも知らないねんねちゃんだものね」

ふふ、と笑って、太后は酒杯をまた空けた。

「愚かでした。可馨に疑いを持ったことを、今は心より恥じております」

太后はしばらく黙り、葡萄酒も飲まずに遠い目で池に映った灯《あか》りを見ていた。

それから、彼女らしくない穏やかさで、口を開く。

「私、貴族の娘じゃないの。商人の子。夜逃げの資金を作るために、後宮へ売られて、身一つで皇后様の侍女《じじょ》にまで出世した。柊帝に見初められ、皇后になって、今や太后。お芝居みたいな話でしょう？　でも、実際は、そんな甘い話じゃないのよ。私は、柊帝の掃除係だった。正確に言うと、掃除係だった皇后陛下の右腕だった。柊帝の晩年の様子なんて、ひどいものだったわ。いつ誰かに乗っ取られて殺されるかわからないからって、いつも酔って、正気じゃなかった。人も平気で殺せば、酷《むご》い処刑や刑罰を科して喜んでさえいたわ。──そう、子照様と同じ。そっくり。いつ命が終わるか知れない恐怖を、そうやって紛らわせていたのよ。そういう後始末をね、引き受けていたのが、私だったの。しょうがないじゃない。皇后陛下は独り言をずっとぶつぶつ言うだけになったし、仲間は首をくくってしまうのだから」

どんな相槌《あいづち》も、この場には相応しくないように思われる。

目を伏せると、血に似た葡萄酒の水たまりができている。そこに羽虫が二匹、たかっていた。

「さ、左様でございましたか……まったく、存じませんでした」

「言うのは簡単よ。酷く殺せって。でも、後始末は大変なの。軀《むくろ》を運んで、さっさと火葬にして、病死だったたって嘘《うそ》を遺族に伝えて。嫌な仕事だったわ。血を洗うのって、大変だって知ってる？　煉瓦《れんが》の床なんて、血とか、皮膚《ひふ》とか、髪が取れなくって大変なんだから」

話自体のおぞましさも然《さ》ることながら、太后の告白の目的が読めない。

恐怖に、嫌な汗がじっとりと浮いてきた。

「太后陛下が、そのようなご苦労をされていたとは存じませんでした」

「柊帝陛下の残虐《ざんぎゃく》さに、幼い頃の子照様は心を痛めておいでだったわ。でも、同じ道をたどって、後始末だって私にさせてきた。全部ね。——貴女、私を追い出したいんでしょう？　隠居所として離宮をもらうつもりだったけど、四楼殿《しろうでん》は素敵だから、そっちで手を打ってあげてもいいわ。ただ、追い出すからには、今後の後始末は貴女がするのよ。可馨の件で、炯親王との婚約を破棄させ、入宮の算段をつけたのは、私。離宮建造の話も、祭祀費の横流しも、張家との取引だった。さすがに、蠟燭《ろうそく》が買えないほどとは思っていなかったけれどね。可馨の子が男子なら、皇太子にすることになってる。わかってる？　張伯飛に喧嘩《けんか》を売るのは、愚の骨頂《こっちょう》よ。彼の一族と、彼のコネで出世した連中が持っている兵は、天祥城の兵士の数より多いんだから。こっちが先に非道なことをしている以上、下手《したて》に出るしか道はないの」

炯親王の婚約者だった可馨を攫《さら》い、凌辱したのは照帝だった。

怒りに燃える張伯飛を宥《なだ》めるため、太后は様々な譲歩をした。それを、簡単に覆《くつがえ》そうとしているのが自分たち、という図式になる。

なにも知らず。国を救うため、と無邪気に信じて。

炯親王が自分たちを、無垢、というのも当然だ。無垢で、そして愚かだった。

まさに無恥《むち》。白瓊は、絶望に頭を抱えた。

どこにも、正しさなどない。

「肝《きも》に銘《めい》じます、太后様。貴重なお話を教えていただき、ありがとうございました」

声が震える。あらゆる記憶を消し去って、坤社院に戻りたい。

そんな衝動を、抑えるのに必死だった。

「汚れ仕事は、今から貴女がなさい。――最初の仕事、なんだかわかる？」

「いえ――」

「殺すのよ、可馨の腹の子を。それから、あの売女《ばいた》の子もね」

「え……？」

信じがたい要求だった。

今、太后は、たしかに照帝が凌辱したがために、可馨は孕《はら》んだと言っていたはずだ。

腹の子の父親は、照帝だ、と。

売女の子というのも、恐らく玉鈴《ぎょくりん》のことだろう。彼女もまた照帝の子だ。

なぜ、それらを殺す必要があるのか、白瓊にはわからない。

「殺して。貴女がしないなら、私がする」

できません――と言っては、いけないのだろう。

子昭の知る未来では、美貌の寵姫《ちょうき》は、腹に子を宿したまま殺される。

玉鈴も、姚皇后の手によって殺されるという。

自分ではない誰かが、手を下すかもしれないとは思っていた。それが、まさかこの人であったとは。愕然《がくぜん》とし、かつ恐怖に身が凍る。

「……な、なぜです?」

今更ながら、太后の正気が疑わしくなった。

高価な硝子の瓶子《へいし》が、いくつも転がっている。ひどく酔いが回っているのかもしれない。

だが、太后の大きな目に、曖昧《あいまい》なところは微塵《みじん》もなかった。

「子など要らぬ、と仰《おお》せだった。突然親を殺すかもしれず、子を殺すかもしれぬ――とね。

お子を、望んではおられなかったのよ。貴女も子照様の妻なら、願いを叶えて差し上げて」

強い頭痛を覚え、白瓊の眉間《みけん》に深くシワが寄る。

「でも……それならば……そもそもお子など……」

言いかけて、白瓊の口はぽかんと開いたまま固まった。

子を得ない最良の道。

最初から、女性に触れないことだ。

妻を迎えても、一度も褥《しとね》を共にせず――初夜であろうと――

(あ……)

白瓊も、文月《ぶんげつ》も、秀麗《しゅうれい》も、同じだ。一度として、照帝と褥を共にはしていない。

后妃《こうひ》の子は、実家の力がある分、気まぐれに殺すのは難しい。しかし、妓楼から連れてきた女とその子であれば、衝動に任せて殺しても、批難の声は最小限で済む。

可馨だけは例外だが、それも婚儀を経《へ》てのことではない。相手を張家の娘と認識していたかは怪しいものだ。照帝が望めば、張家の娘は容易《たやす》く手に入ったはずなのだから。

（そういうこと……だったの？）

胸に、鋭く剣にでも貫かれたような痛みが走る。

布越しにわかるほど醜かったのか、家の格が足らぬのか。それとも、廟《びょう》で咳《せき》をこらえきれなかったからか――と己を責める必要はなかったのだ。

蟠桃《ばんとう》の寵を妬《ねた》んだ自分は、なんと愚かだったことか。

最後に太后は、もう一度「殺して」と言い、白瓊は「はい」と答えた。

ふらふらと蓬山第を出たところ、茉莉が駆け寄ってくる。よほどひどい顔をしていたに違いない。

「……紫昴殿に向かうわ。貴女は先に戻っていて」

案ずる茉莉を置いて、白瓊は紫昴殿へと道を変えた。蓬山第から、紫昴殿までは目と鼻の先だ。

階段を上って、案内を乞えばすぐに中へと通される。

日中、共に決議書を確認する時に使う客間に、子昭はいた。

いつもと違って白い袍を着ている。その様は、やはり仙人を思わせた。

「子昭……」

「白瓊。どうした。なにがあった？」

子昭は、扉のところまで出向えにきた。

その端整な顔も、格調高い部屋の、落ち着いた調度品の数々も涙で歪《ゆが》む。

泣き崩れてしまいそうになるのを、己の心に鞭《むち》を打って耐えた。

「これから私は、夫の恥ずべき行為を告白します。せねばならぬからです。私は、あの男の妻であったことを、心から呪います――」

白瓊は、太后の話を伝えた。時折、嗚咽《おえつ》に声をつまらせながら。

照帝の可馨への仕打ちと、太后の取引。自分たちが、それを反故《ほご》にしてしまったこと。

そして、照帝が自身の子をなすことを恐れていたであろうことも。

なにより罪深いのは、知らなかったとはいえ、可馨に最後の機会を与えなかったことだ。

初夜に子昭が褥を共にさえしていれば、その時授かった子だと人は思っただろう。

あの一夜を、悔いている。

照帝が婚儀からただの一度も可馨に触れていないと知る者は、少なくないのだ。

可馨に、不義の子ではないと言い逃れ得る道を、残しておくべきだった。

子昭は、頭を抱えていた。

このまま、二人で絶望に溺《おぼ》れていられれば、どれほど楽だろう。だが、それはできない。

どれほどつらくとも、贖罪をすると決めたのだから。本当につらいのは、被害を受けた人たちの方だ。

（守らなくては……起きた悲劇を償うのでは遅い。まだ間に合う。玉鈴も、可馨も、可馨の子も、守らなくては）

死してもなお続く、暴君のもたらす害を最小限に留めるのが、妻たる者の務めだ。

「私が、可馨と直接話します。彼女と、彼女の子供を守らねばなりません。生まれてくるのは、照帝陛下の子。照帝陛下が死を望んでいようと、太后様が死を望んでいようと、絶対に殺させはしません。私が、守ってみせます」

子昭は目を閉じたまま、何度かうなずいた。

「あぁ、そうだな。子は、照帝の子だ。守らねば……」

贖罪を諦《あきら》めるつもりはない。子らを守ると決めた。けれど、心は悲鳴を上げていた。溢《あふ》れてくる涙を、白瓊は抑えきれなかった。

「はい。でも……私、恐ろしいのです。夫の罪は、私の一生を使っても償いきれません」

子昭の目も、涙で濡れていた。

必死に、けれど明るい道を堂々と歩いてきたつもりだ。だが、気づけば泥濘《でいねい》の中でもがいている。この手は照帝の流させた血で、べっとりと汚れていた。怨嗟《えんさ》の声が地の底から湧き上がってくるようだ。

酷《むご》く殺された者の遺族に、見舞金を贈ろうと、死んだ者が戻ってくるわけではない。これから可馨を保護したとて、照帝の非道がなかったことにはならない。

「それでも、続けていくしかない。命の続く限り」

「……はい」

濡れた瞳で見つめ合い、その後ただ寄り添って過ごした。

長い夜を、二人で。

なにがあったわけでもない。交わした言葉も多くはない。

ただ、その一夜は白瓊の心を強くした。


日々は続いていく。

子昭は、毎日の朝議に出席するようになった。

玄冬派の助力も得て、自身の力だけで政《まつりごと》に関わっている。視力のゆるやかな回復もあって、彼は懸命に学んでいた。

張伯飛は、その後一度も朝議に出てこない。主《あるじ》を失った東潔派と、勢いづく関家や西清派との対立は続いていた。朝議の場でも、喧々囂々《けんけんごうごう》。ほとんど口喧嘩と変わらない、建設的ではない衝突だ。城内のあちこちでも、両派の属する者たちによる小競り合いが絶えないそうだ。

対立は、天祥城や曜都《ようと》にとどまらず国中に波及している。派閥《はばつ》から地方の各地に送られた者たちもぶつかり、政治の停滞を招いているという。

子昭は、玄冬派と共に、混乱収束に向けて励んでいるようだった。

そんな日々の中、後宮の日々にも変化は起きている。

可馨は体調不良を理由に殿から出てこなくなり、後宮の中で孤立している。

話がしたい、と三度誘い、三度断られた。四度目にして場が設けられることになったのは、季節が夏に入る頃だ。

白瓊は、玉鈴を腕に抱いて中庭にいた。

やけに蒸し暑い日だ。四阿《あずまや》の日陰にいても、汗ばむほどの陽気である。

玉鈴は、このところずっしりと重くなった。すやすやと眠る様は愛らしく、頬は、白桃を思わせる。

張貴人《きじん》がお越しです、と声をかけられ、白瓊は「お通しして」と答えた。

目を細めて玉鈴を眺めていると、ちり、と涼やかな音が聞こえてくる。

「いらっしゃい、可馨」

顔を合わせるのは二カ月ぶりで、こころなしか膨らんでいた程度だった腹が、今ははっきりとせり出している。

「なんのご用ですか」

硬い声に問われ、白瓊は微笑《ほほえ》みで受け流す。

「玉鈴に会うのは、はじめてよね？　抱く？」

「……はい」

断るものかと思ったが、存外あっさりと、可馨は提案を受け入れた。

母親になるという自覚が、作用したのかもしれない。一瞬だけ、可馨は慣れない手つきで玉鈴を抱いた。

すぐに「もう結構です」と嫌そうな顔で持て余したので、乳母《うば》を呼んで玉鈴を託す。

乳母が去るのを待ってから、四阿の席を勧めた。

「私、あの子が愛《いと》おしいの。日々重くなっていくのが嬉しい」

「左様でございますか」

おとなしく、可馨は席に就いた。運ばれてきた茶には、決して手をつけようとしない。

入宮した日と、同じだ。

「取引をしましょう、可馨。貴女と、お腹《なか》の子は必ず守る。だから、あの子には手を出さないで」

「なんのことか……わかりかねます」

「わかるはずよ」

白瓊は茶杯を手に取り、ゆっくりと一口飲んだ。

「わ、私はなにも……」

「夢、お告げ、神託、天の声……なにかはわからないけれど、未来の話をされたことがあるでしょう？　実家を救うためにと言われた？　国を救うためと言われたかしら？　私を陥《おとしい》れる作戦を、人から聞いているはずよ」

「あ――」

可馨の表情が、はっきりと変わった。

杷泉は、可馨を使えぬ駒、と評していた。彼女の働きぶりに、杷泉は満足はしていないはずだ。圧力はあったものと踏んだが、的中したらしい。

「答えなくていいわ。きっと、その人から示された最後の一手――ということよね？　それさえ思い留まってくれれば、私が、貴女も、子供も守る」

おおよそ、罠の内容は想像がつく。

可馨が、玉鈴を手にかける。それを白瓊が見つけ、玉鈴が可馨に殺された、と叫ぶ。すかさず可馨は、白瓊が自分を陥れるために、濡《ぬ》れ衣《ぎぬ》を着せたのだと看破する。――そんなところだろう。

これまでしてきたように、自身が被害者だと訴えるに違いない。目に浮かぶ。

「……それは、脅《おど》しですか」

「どうとってもらっても構わない。どうせ、私を悪の権化みたいなものだと思ってるんでしょうから。ただ、玉鈴だけは守りたい。それだけよ。貴女の置かれた状況は――」

白瓊が言い終わるより先に「きゃあああ！　玉鈴様が……！」と鋭い悲鳴が、蓮繡殿《れんしゅうでん》に響いた。誰か！　誰か！　と声が続く。

可馨が、びくりと身体を竦《すく》ませた。

「貴女、さっき玉鈴に触れたわね？」

美しい面《おもて》が、サッと血の気を失っていく。

「わ、私は……なにも――」

「可馨、こちらに来て」

差し出した手を、思い切り払われた。それでも白瓊はもう一度手を差し出す。

「い、嫌です！　なにをする気⁉」

「貴女を死なせたくないの！」

白瓊は無理やり可馨の腕を引き、離れに向かった。

廊下の途中で、広くはない物置に身を隠す。

暑い日だ。扉は細かい格子で風は通ったが、緊張のせいもあってか汗が噴き出してくる。

ちり、と耳元で可馨の簪《かんざし》が鳴った。

「どういうつもりです……？」

「貴女の敵は、私じゃない」

ごく近い場所に、こんな時でも美しい顔がある。

なんと長い睫毛《まつげ》だろう。瞳の形も、細い鼻も顎《おとがい》も、なにもかもが美しい。

この麗《うるわ》しい人と蟠桃の寵を競い合わずに済んだことを、天に感謝する他ない。

「残忍な悪女の言葉を、信じる者などおりません！」

「貴女が、参拝に行った日、何色の袍を着ていたの？」

「わ、私が紅《あか》い袍を着ていたから、襲われたとでもおっしゃるつもりですか」

「紅い袍だったのね？」

可馨の美しい顔に、それまで見たことのない明確な嫌悪が浮かんだ。

「そうですよ！　そうしろと言われたんです！　しかたがないでしょう？　十二の頃に来た入宮の話は、決まりかけたり、消えかけたりと宙ぶらりんで、縁談も決まらぬまま十八歳になっていました。急に烔殿下からのお話が来て、やっとまとまるところだったのです。社院に参拝せよと……天への感謝を伝えるため、紅の袍を着て参拝せよと殿下に命じられて、社院に一人で向かいました。それが罪ですか？　夫になる人に、そうせよと言われてそうしただけでございます！　色街の近くを歩いたから？　紅色の袍を着ていたから？　それとも、あの方がおっしゃるように、美しさが罪ですか？　あんな目に遭《あ》ったのは、私の――」

「貴女のせいであるものですか！　絶対に違う！」

目に涙を浮かべた可馨の言葉を、白瓊は遮《さえぎ》った。

そんな馬鹿《ばか》な話があるだろうか。

襲われるのは、襲われた女の咎《とが》だなどという馬鹿な話はない。

「じゃあ……なんだと言うのです？」

「陛下は、目がお悪いの。貴女が絶世の美女だろうと、気づけない」

あの頃照帝の視力は、毒によって衰えていた。

彼は、いつものように馬車の中から気まぐれに女を選んだのだろう。女を。衰えた目でも、美しく見える色彩を。

「え……？」

「紅色だけは、美しく見えるのよ。貴女の敵は、貴女に紅の袍を着せた者――シッ！　静かに！」

白瓊は、まだなにか言おうとする可馨の口を塞いだ。

細かい格子の向こうから、サラサラと軽やかな衣擦れの音が聞こえた。

「あら、一体なんの騒ぎ？　大変、大変」

朗《ほが》らかな声と、舞うように軽い足音。

格子の向こうに、艶《あで》やかな牡丹色が見えた。

「あ……太后様……！」

離れの方から、茉莉の声が聞こえる。

「何事？　今、悲鳴が聞こえたけれど。――赤ん坊は？　急に顔が見たくなったの。そうしたら、大きな悲鳴がしたものだから。驚いたわぁ」

「あの――玉鈴様は――」

「なに？　死んだの？　誰が殺したの？」

太后は前のめりに結論を急いでいる。不自然なほどに。

この不自然さは、赤子を殺させたことに、動揺しているからに違いない。

やけに浮わついた太后の様子を、白瓊は罪の意識ゆえだと理解した。

だが、物置の扉を開けて外に出た時、考えを改めさせられる。

太后の、その牡丹が綻《ほころ》ぶがごとき笑みを見たがために。

「太后様――」

「あら、可馨！　なんで貴女がいるの？　貴女も、あの赤ん坊を見に来たの？」

可馨は、呆然と立ち尽くしていた。

己を罠にはめようとしている人の、あまりに明るい殺意を恐れているのかもしれない。

「太后様。玉鈴は無事です」

「……え？」

明るかった太后の眉間に、禍々《まがまが》しい闇《やみ》が下りる。

くっきりと赤い口が「騙《だま》したのね」と動く。

そのとおりだ。白瓊は太后を騙した。

運命の流れに沿う素振りで、未来を変えるために。――大切なものを守るために。

――一人ではできそうにありません。お力をお貸しください。

――ついでに雲霞の美女が産んだ赤子も、始末いたしましょう。太后様は、偶然おいでになった体《てい》を装ってくださいませ。

――私が、可馨を蓮繡殿に招き、赤子に触れさせておきます。すべての罪を可馨に被せてしまえば、いつでもお好きに処分できるでしょう。

「申し訳ありません、太后様。――お連れして」

白瓊が命じると、待機させていた禁侍衛《きんじえい》が太后を取り囲む。

「な、なんなの？　私がなにをしたって言うのよ……さっさと殺して！　その腹の子を！　そっちのは、男の子かもしれないでしょう？」

太后は兵士の腕を振り払い、可馨につかみかかろうとする。

サッと白瓊は、可馨を背に庇《かば》った。

太后の手が、がっしりと白瓊の腕をつかむ。

強く葡萄酒のにおいがする。ひどく酔っているらしい。

「いけません、太后様。それ以上は――」

「殺して！　早く！　子照様の子は、銀《ぎん》親王だけよ！」

太后は、錯乱していたのかもしれない。

口にしてはならぬことを、口にしている。

（あぁ……なんということ……）

あるいは、葡萄酒のせいで血まで酒になってしまったのかもしれない。髪を振り乱し、墓まで持っていくはずの秘密を吐露していた。

遡行を恐れて実子を望まぬ照帝と、死んだ我が子以外を認めない太后。二人は手を取り合って、罪もない子を闇に葬《ほうむ》ってきたのだろうか。

兵士に囲まれた太后は、まだ叫んでいた。子照様、もういない人の名を。

騒ぎが収まったあと、玉鈴は無事に離れに戻ってきた。

可馨は女官たちに抱えられ、自分の殿に帰っていく。

「ありがとう、皆。本当にありがとう。この件はくれぐれも内密に」

白瓊は、作戦に巻き込んだ者たちを労《いたわ》り、感謝を伝え、酒をふるまった。叫ぶ役割を担《にな》った茉莉などは、腰が抜けたようになっていたので、重ねて礼を伝える。

一部始終を聞いていた紅雲《こううん》は、

「張貴人の腹の子の父親は、皇上ではありませんよ。昨年の夏頃から、誰一人として蟠桃を賜《たまわ》っておりませんから。——殺す必要など、なかったのに」

と白瓊にこそりと耳打ちした。

昨年の夏頃といえば、照帝に毒を盛られはじめたと子昭が推測した時期と一致する。肉体には、視力以外にも変化が起きていたのかもしれない。

では、誰が父親なのか。その能力を失った照帝をけしかけ、拐《かどわか》しをさせ、可馨を妓楼に閉じ込めて犯したのは誰か。

答えは、明白だ。

罪なき子を殺そうとした太后の消えた方を、紅雲はにらむように見ている。身籠《みごも》った仲間を死なせた者を、彼女は許せなかったのだろう。

「あの方にとっては、譲れぬ正しさ……だったのでしょうね、きっと。でも、許されることではないわ」

可馨を襲った男と違い、太后の罪は明確だ。天子の子を殺そうとしたのだから、大逆罪にあたる。

殺意が消えていない以上、後宮には置いておけない。先帝の皇后となれば、賜死《しし》も避けるものだ。白瓊は、離宮へ身柄を移すよう手配した。今日のうちに馬車は出発するだろう。

彼女もまた、陶氏と柯氏の契約によって人生を歪められた一人だ。その孤独な苦しみが、長い幽閉の間に癒《いや》されればいい。

そして、あの暴君の死を悼《いた》む人が存在することに、わずかな安堵《あんど》を覚えた。

その報《しら》せは、突然であった。

――白瓊の兄の姚仲瑾《ちゅうきん》が、捕縛されたという。

張伯飛の娘婿《むこ》である国軍の将軍が、他国に地図を売ったとして仲瑾を捕縛したのである。仲瑾だけでなく、烏宗玄《うそうげん》の長男も一緒だった。

（どうして？　なぜ、兄上が……？）

自国の情報を、他国に渡せば即極刑だ。

朝議の席で、烏宗玄は、自身の息子と姚家の次男の捕縛を報告した。もともと瘦《や》せて顔色の悪い人だが、この日はその場で倒れてしまいそうにやつれていた。無理もない。それは白瓊の父も同じであった。

仲瑾は、様々な国の物語を好み、他国との交易の場に積極的に出入りしていた。趣味を同じくする、烏宗玄の長男も、そこを狙われたらしい。

朝議の間、衝立の後ろで白瓊は震えていた。

対策を話し合い、すぐに朝議は解散になった。処刑が終了したとの報せが入ったのは、諸臣が盤古殿を去った直後である。

同時に、張伯飛が兵を挙げ、王都周辺の複数の城を占拠したとの報告もあった。

立て続けに、張伯飛が照帝の退位と、炯親王の即位を要求した、とも。

報せを持ってきた文官が去った盤古殿で、子昭は白瓊の前に跪《ひざまず》いた。

「……すまない。貴女の兄を奪ったのは、私だ」

張家が起こす内乱は、子昭の知る世では三年後だ。

歴史が、変わっている。

より、過酷な方へと。

「これが、反動……なのですね？」

「そうだ。私が招いた事態だ」

違う。兄を巻き込んだのは、他ならぬ自分だ。烏宗玄の息子が処刑されたのも、恐らくは。白瓊が玄冬派との接触を提案していなければ、こんな事態は起こらなかったはずだ。

白瓊は、子昭の前に膝《ひざ》をつき、顔を上げるようにうながした。

「私が、兄を巻き込んでしまったのです。私が……」

「反動を承知で、未来を変えようとしたのは、私だ。私が……いや、我々だけではない。今は杷泉も動いている。反動は、大きいはずだ」

白瓊は、額を押さえた。

未来に大きく逆らえば、反動が起きる。

変化は大きくなって当然だ。壮士二人が、各々の正義を突き進んでいるのだから。杷泉は、則を破ることに抵抗が薄い。

（壮士のどちらかが死なねばならない柯氏の則を過酷だと思っていたけれど……反動を最小限にするためにも、壮士が同時に複数存在するのは危険なんだわ）

兄の死、という大きな喪失の中で、白瓊はやっと則の正当性を理解した。

膝をつき、うなだれ、優しかった兄のために声を上げて泣きたい。

しかし、この事態を招いた者の一人として、それは許されないように思われた。

悲しみも、後悔も、すべてが終わってからでいい。

浮かんだ涙を、ぐいっと拭《ぬぐ》った。

「兄ならば——きっと兄が生きていたら、ここで尻尾を巻いて逃げることを許さぬと思います。ただちに張家の派閥に属する者を罷免《ひめん》し、混乱を収めるため国軍を派遣しましょう。最優先は、国境の長塞《ちょうさい》です」

「すまない、白瓊。……本当に、すまない」

「それはおっしゃらないで。お願いします。……迷いたくないのです」

今、皇帝と皇后の立場を失えば、これまでの積み重ねが無駄になってしまう。

柯杷泉が選んだのは、張家との融和によって内乱を避ける道である。

だが、それでは鈍化した離宮建造計画が再開され、悪法の運用もはじまってしまう。そして、千人、万人の死者が出る。

(駄目よ。ここで退《ひ》くわけにはいかない。まだ、私たちはなにも成せていない！)

ただ、国を救いたかった。

それだけだ。いつの間に、死ぬの生きるの、殺すの殺されるのと血腥《ちなまぐさ》い話になっていたのだろう。

——最初からだ。

照帝が、器にされる恐怖ゆえに常軌を逸した行動をしだしてから。

それとも、柊帝の時から？　わからない。そもそも、この国の成立の段階から、血は流れ続けてきた。何度も何度もやり直しをしなければ成り立たない国など、最初からなければ——いや、そんな大きな話はしなくてもいい。

「白瓊——」

拭ったはずの涙が、ぽろぽろと頬を流れていく。

子昭の手布が、そっとそれを押さえた。

「優しい、兄でした。国を憂《うれ》う、清い志《こころざし》を持った——」

「あぁ。素晴らしい人だった」

——子昭さえ、いなければ。

彼が甫州《ほしゆう》に来なければ。あるいは、彼が遡行さえしなければ——

(違う。子昭はすべての元凶ではないわ。忘れてはいけない。彼は私の希望なのよ)

彼と出会っていなければ、自分は悪女にされ、国が傾くばかりか、姚家も悲惨《ひさん》な末路をたどったろう。民を救う道を見出すことも、玉鈴を助けることもできなかったろう。

だが、今、まだ国は滅びていない。

間に合う。目の前にいるのはこの国の皇帝だ。

「すぐに諸臣を呼び戻しましょう。東潔派には、張伯飛と距離を置く穏健派もおります。郭貴妃《かくきひ》の実父の郭司浩《しこう》を中心に穏健派をまとめさせ、こちらに取り込むのです」

「あぁ……そうだな。そうせねば」

白瓊は、子昭の手を取り立ち上がらせた。

子昭の顔は青ざめ、手は氷のように冷たかった。

案じる気持ちはありつつも、白瓊の手も凍え、震えている。

「これ以上、犠牲を出したくありません。急ぎ手を打たねば」

「白瓊。後は任せてくれ。私がなんとかしてみせる。これは、私が招いた事態だ」

「しかし――」

「紫昴殿で、待っていてくれないか」

子昭は、皇帝ではない。

どこぞにある山奥の邑《むら》で、薬師として暮らしていた人だ。

この難局を、彼一人で乗り切れるのだろうか。不安がよぎる。

「でも……」

「大丈夫だ。私の独断で事は行わない。玄冬派の主導で事を収めるつもりでいるが、それは姚一族の専横の逸話が残っている以上、大きく運命から逸脱はしないはずだ。彼らにならば安心して託すことができる。人の心を持った人たちだ。あとは……私が、私にしかできぬことをする」

なおも白瓊は渋ったが、子昭の決意は固い。

頑として譲らず、重臣らが盤古殿に戻ってくるより先に、一人で後宮へと戻ることになった。

まっすぐに紫昴殿に向かい、通された部屋でひたすらに待つ。

そして――

「なんですって⁉」

白瓊が、叫ぶほどの声を出したのは、わずか一刻後だった。

「たしかに、そのように仰せになりました。――委鼎《いてい》の儀を、行われると」

平伏しているのは、盤古殿に残って話を聞いていた猫児だ。

あまり動揺を顔に出さない彼の顔も、蒼白《そうはく》だった。

「委鼎？　鼎《かなえ》を、なにに委《ゆだ》ねると言うの？」

「天に、天子の象徴たる鼎を委ねる儀式かと。方法は存じません。その場で、陛下ご自身と、炯親王殿下のいずれが相応しいかを決められるとのことでございます」

白瓊の顔も、蒼白になっていたことだろう。

天子がその資格を天に問うなど、あり得ないことだ。そんな制度が存在するわけがない。

そもそも天子とは、天が定めた統治者なのだから。

「だ、誰も止めなかったの？　そんなとんでもない話！」

「もちろん、お止めいたしました。派閥もなにもあったものではありません。全員が叩頭《こうとう》して、大騒ぎです。ですが――」

子昭の決意は、固かったのだろう。猫児の顔がそう言っている。

白瓊とて、彼の頑《かたく》なさは想像がつく。

あぁ、と声を上げ、その場にへたり込んでいた。

（死ぬ気なんだわ）

嘆き、悩み、呆然としたあと、のろのろと立ち上がる。

あとは、慎《つつし》みを忘れて紫昴殿を飛び出していた。

深い紅色の袍をひらひらと靡《なび》かせ、紅玉の簪を揺らしながら。

白い煉瓦敷きの、くすんだ紅色の壁の檻《おり》の中を、ひたすらに走った。

なにが正しく、なにが間違っているかなど、もうとうに見失っている。

ただ、彼を失いたくなかった。

彼のいない人生が、想像できない。

朝から晩まで、休みなく働き続けるのは構わない。

志を見失わず、生きてみせる。だから――手の中にある、わずかな幸福を奪わないでほしい。たった一つのもの――希望を。

「白瓊……？」

こちらに向かってくる輿《こし》から、子昭が降りたのがわかる。

その姿がぼやけて見えるのは、目にたまった涙のせいだ。

「……子昭！」

北芳苑《ほくほうえん》の入り口あたりで、二人は互いに触れ合える距離まで近づいた。

「ど、どういうことです？　委鼎の儀なんて……そもそも、なんなのですか、それは」

「そんなものはない。適当に名づけた」

「適当って……」

信じられないくらい、子昭の表情は明るかった。

「審判の話はしただろう？」

「ええ、聞いています」

「それを利用する。いずれにせよ、我らのどちらかは消されるのだ。張家にとっての唯一の武器は、炯親王だ。炯親王の弱みは、彼が柯杷泉であるということにある。彼は柯氏の則の下でしか生きられない」

どちらかが死ぬ。本来の皇族では起こり得ないことが、柯氏の則の下では可能になる。それを利用して、最低限の命のやり取りだけで事を収めたい――と子昭は言っているのだ。

己を、人柱にするつもりで。

「どちらかって……だって、どちらかわからないのでしょう？」

「わからない。だが、いずれかが死ねば、反動も収まり、内乱も終わるだろう」

「張家の好きにさせる気ですか？　貴方が死ねば、離宮は建ち、悪法は施行され、異民族は国を滅ぼすでしょう。それで――」

いいの？　と聞く必要はなかった。

子昭の顔に、すべてが書いてあったからだ。

いいわけがない。子昭が、この身体に入った日から、血の滲《にじ》むような努力を続けていたことを、白瓊は知っている。いいわけがない。

「早急に、反動を最小限にすべきだ。我らがいくら善戦したところで、方針の違う杷泉がいる限り、無に帰すことも考えられる。もし私が死んでも、今は玄冬派もいる。なにより……貴女がいる」

「坤社院に入ります。貴方がいなくなったら、私……」

「子供たちを、貴女に託したい」

玉鈴と、まだ生まれてもいない可馨の子。どちらも、白瓊が守らねばならない存在だ。世を捨てるわけにはいかない。けれど――

――私の心はどうなるの？

その問いが、口からこぼれそうになるのを、必死に堪《こら》えた。

（いずれにせよ、柯氏の審判は行われる。避けられないのなら、最大の効果が得られる今を逃す手はない。……わかる。わかるけれど……）

白瓊には、心がある。

人であるがゆえに、心がある。

子昭の提案を拒みたい。けれど、受け入れねばとも強く思う。心があればこそ。

白瓊は肯《うべな》う代わりに、子昭の身体を抱きしめた。

子昭の腕も、しっかりと力をこめてくる。

「子昭。もし、次に生まれ変わったら――」

「私は、貴女の夫ではない」

耳元で、子昭は「すまない」と謝った。

白瓊が言いかけた言葉を、子昭は言わせなかった。

身体を離し、手だけを繋《つな》ぐ。

もう自分を姦婦《かんぷ》ではない、と言い張るつもりはなかった。ただ、人で、心を持っていたというだけだ。世がなんと評そうと構わない。己の心の清さは、己さえ知っていればいいのだから。

二人は、その後紫昴殿へ向かい、運命の日までを共に過ごした。

ついに、その日が来た。

子昭が勝手に名づけた委鼎の儀の日は、柯氏の住む柯邑から審判者の到着を待って、行われることが決まった。会場は、盤古殿だ。

「お美しゅうございますよ、奥様」

化粧を終えた茉莉は、涙ながらにそう言った。

「ありがとう、茉莉」

鏡に映る顔は、昨夜は一睡もできなかったはずなのに、やつれてはいない。

正装の金の袍をまとう姿は、肖像画めいた落ち着きが見えた。

寝室こそ別だが、この十日ほどを子昭と過ごしている。

短い期間だったが、夫婦らしい暮らしをしたように思う。

もう白瓊は、三口しか食事をしないこともない。よく食べたし、子昭もよく食べた。

時折冗談を言うこともあれば、二人きりの時は、互いの昔の話もした。不思議と穏やかな時間であった。

そんな時間が、白瓊の心と姿に影響を与えたのかもしれない。

仕度を終えた白瓊は、輿で盤古殿へと向かった。

くすんだ紅色の塀に囲まれた後宮を抜けた時に、思う。帰り道の風景は、今とはまったく違ったものになっているだろう、と。

　盤古殿に北側から入ると、中に正装をした子昭の姿が見えた。

　北側の扉が、ギィと音を立てて閉まるのと同時に、南側の扉から、白袍の炯親王――柯杷泉と柯妃が入ってくる。二人は、白い袍を着ていた。

　子昭の横に、白瓊が並ぶ。

　殿の中心にあるのは、玉璽《ぎょくじ》である。

　横に置かれた銅鑼《どら》は、すべてが済んだことを内部から外へと知らせるための道具だ。

　杷泉は、緊張感のない様子で、明るい笑顔を浮かべている。

「考えたものだな。委鼎の儀か。審判で生き残った者が、玉璽を手にする。わかりやすくて結構だ。簒奪《さんだつ》の誹《そし》りも免《まぬが》れる」

　照帝と炯親王を器にした二人が、玉璽をはさんで向かい合う。

「生き残った方が、天子として国を治めるのだ。障害は少ない方がいい」

　かたり、と音がして、白い袍を着た三人が入ってくる。

　子昭が言うには、一族の住む柯邑の長《おさ》と、若手の薬師が二人、審判者として参加するのだそうだ。隠れ里から来た白袍の薬師たちは、やはり仙人めいていた。

　真ん中の一人は老いており、まさしく仙人の風格だ。

　後ろの二人は、それぞれ手になにかを持っている。一人が盆に載った白と黒の椀《わん》を。一人が秤《はかり》のようなものを持っている。椀にはなみなみと液体が満ちていた。

今、この場にいるのは、白瓊以外は全員が柯氏だ。

「柯氏の長を務めております、柯太顕《たいけん》でございます。此度《こたび》は、壮士お二人の審判のため、遥々《はるばる》と柯邑より馳《は》せ参じました。——では、はじめさせていただきます」

長は一礼し、二人の壮士も礼を返す。

どちらかが死ぬという状況のはずだが、壮士二人は落ち着いている。

一人だけ、落ち着いていないのは、協力者と思《おぼ》しき柯妃だ。

（……？）

ふー、ふー、と荒い鼻息が、ここまで聞こえる。よく見れば、顔にはひどく濃い化粧が施《ほどこ》されていた。化粧自体に慣れていないのか、ぎょっとするような出来ばえである。

まず、子昭が一歩前に出る。

「長、遥々とご足労いただき、感謝いたします。ご連絡したとおり、私は、蒼暦五〇八年五月に越世遡行して参りました。到着したのは、昨年の十一月です。照帝——陶子照を器とした、柯子昭でございます」

続いて、炯親王が一礼する。

「お越しいただき、恐悦至極。私は、五一九年五月に越世遡行いたしました。昨年の春の終わりに参りました。炯親王、陶炯承を器とする、柯杷泉でございます。こちらの壮士とは、叔父甥の関係です」

二人は、互いに名乗った。

もう後戻りのできない状況だ。生き残れるのは、一人だけ。

胸に当てていた手に、ぎゅっと力がこもった。

まず、子昭が言葉を発する。

「私の目的は、稀代《きたい》の悪女・姚皇后を廃し、張家の内乱を防ぎ、異民族の侵攻を止めることでした。志半ばで倒れた明君・照帝を器といたしましたが、実際の彼は暗君――いえ、暗君にして暴君でした。何者かに毒を盛られており、視力も覚束《おぼつか》ない状態で、協力者が不可欠でした。協力者を探す段階で、後の世に明君の働きと伝わっていた多くの、堅実な政《まつりごと》が、姚皇后によるものと明らかになったため、一度坤社院へ追いやった姚皇后に助力を乞い、本日まで共に不断の努力をして参りました」

審判たちの目が、一斉にこちらに注がれた。

白瓊は拱手《きょうしゅ》だけを返す。この場に、白瓊の言葉は無用だろう。

次に炯親王が、言葉を発した。二人の壮士が、交互に話す形で進むらしい。

「私の目的は、姚皇后の保護です。叔父の遡行後、生き残った姚皇后の一族の者の手記が、世に出ました。皇后は悪女などではなく堅実な政をなさる方だったが、暴君・照帝に虐《しいた》げられ、力を発揮できなかったそうです。照帝の死後、傾いた国を立て直さんと手を尽くされた姚皇后こそ聖女。私は叔父の誤りを正すこと——早期に照帝を消し、太后として彼女に国を導いていただくことを目指して参りました」

白瓊の評価の変化は、手記の公開という転機があったためであるという。

（なるほど。それで私の評価が、悪女から聖女へと変わったわけね）

たしかに、一族の人間の多くは日記をつける習慣がある。それが身を助けたらしい。

それにしても、一族の生き残り、という言葉には恐怖を覚えずにいられない。

悪女・姚皇后は、世から多くの怨恨を持たれていたということなのだろう。

柯氏の長が、

「反動を恐れれば、変化は少ないがよし」

と言ってから、子昭の方に手を挙げた。

かちり、と音がして、秤を持っていた青年が、子昭の側に白い石を一つ置いた。

子昭に小さな安堵が見え、烔親王が歯噛《はが》みしている。恐らく、今の内容において、より変化が少ないのは子昭の方だとの判断がされたらしい。

（石を一つ取った。……多ければ多いほどいいということ……よね？）

次に、また子昭が口を開く。

「私、柯子昭は、姚皇后の力を借り、悪法の制定を阻《はば》むべく動きました。また、悪名高い離宮建造も柴太后の計画と知り、そちらも潰《つぶ》しております。ただ、どちらも阻んだがために、張家との関係は悪化いたしました。内乱だけは防ぎ得ず、反動のためか三年早まっております。ただし、異民族の侵攻に対しては、事前に備えを行い、国境の守りを厚くいたしました」

続くのは烔親王だ。

「私、柯杷泉は、張関の乱を回避すべく、早期に張家と接触いたしました。融和を図り、現在も連日、張家の主《あるじ》である張伯飛と面会を行っております。乱さえ収まれば、恩のある私に対し、張家は逆らえません。離宮の件も、悪法の件も、おのずと解決するでしょう」

今の内容は、どう考えても子昭の方が優れていたはずだ。

張家との関係が、おのずと解決などするはずがない。

だが、長は首を横に振り、手を動かさなかった。差を認めなかったということだ。

ちらりと柯妃を見れば、真っ赤に塗った唇に不敵な笑みを浮かべている。

(今ので差がつかないなんて。……信じられない。柯氏は政のなにを知っているの?)

命まで捨ててこの世に来ているわりに、子昭は、重要な為政者の名の多くを知らなかった。政治を一から教えた白瓊には、いかに彼が浮世離れしていたかは把握《はあく》できている。

烔親王とて、裏で張家と接触してきただけで、政治にはほとんど関わっていない。朝議にさえ出席していなかったのだから。

柯妃など、皇族の妃らしい行動をまったく取らず、庭まで焼いている。

その浮世離れした人たちを、同じだけ浮世離れしている人が裁く。

子昭の強みは、実際の政治に携わっていた白瓊が傍《そば》で支えていることだ。

柯邑の長には、それが通じない。

（不利だわ）

審判の評は一つ流れ、また子昭が話し出す。

「柯子昭が申し上げます。この審判が終われば、張家の擁《よう》する炯親王が消えますので、内乱も収まることでしょう。張関の乱の早期終結により、混乱は最低限で済みます。これを機に、国境の警備を厚くし、汚職の温床《おんしょう》を一掃いたす所存です。生母は不明ながら、今後生まれるであろう照帝の子を後継者に据え、彼が育つまで一日も長く安定した政治を行うのが、務めと思うております」

これまでは、過去の話で、今のは未来の話だ。

次に炯親王が主張をはじめる。

「柯杷泉が申し上げます。照帝の死後は、私が後を継ぎます。姚皇后には、太后となって後宮内に留まり、引き続き国政を担っていただく。新たな皇后には、御輿の花嫁たる柯妃を据えます。皇太子には、今後生まれる我らの子を立てれば、陶氏に我らの血が濃い後継ぎが生まれます」

長は「世はいまだ定まらず。器は必要」との理由で、炯親王の側に手を挙げた。

かたり、と紅い石が、炯親王の側に置かれる。これで、一対一。

冷や汗が、どっと出てきた。

(こちらの方が、よほど堅実な案なのに――)

視線を感じ、ふっとそちらを見れば、おかしくてたまらない、という顔で柯妃がこちらを見ている。勝利を確信している顔だ。

ここで長が「では、裁定人の意見を」と柯妃に問うた。

(え……? 裁定人?)

柯妃が「はい」と上ずった声で返事をする。

「子昭……」

思わず、子昭の名を呼んでいた。

不安が、白瓊の手を凍えるほど冷たくしている。

「御輿の花嫁は、審判の場合、裁定人に指名される。……わかっていたことだ」

柯氏が判じるだけでも不利だというのに、さらにその上、裁定人までが柯氏だというのだから、あまりにも分が悪い。

杷泉の目は、糸のように細くなっていた。歪んだ笑みは、いっそ邪悪だ。

(……もしや、柯杷泉は、このために御輿の花嫁を自分の妻にしたの?)

もともと、可馨は十二歳の頃から入宮の打診を受けていた娘だ。

花嫁の交換という、おかしな事態を生んだのが、杷泉の策略であるならば、目的は柯妃を手に入れることにあったのではないだろうか。

――この、審判のために。

柯妃は、下手《へた》な化粧にぎこちない笑みを貼りつけ、しかし悠々と一礼した。

「裁定人から、長に謹《つつし》んで申し上げます。烔親王殿下は、今日まで懸命に国を救うため尽くされました。反して姚皇后は、芝居好きが高じて、女に男の格好をさせるなど、風紀を乱すような真似をするばかり。政治は、烔親王殿下が肩代わりされる場面も多うございました。聖女といっても噂《うわさ》ほどではございません」

淡々《たんたん》と柯妃は発言し、一礼した。

（嘘《うそ》よ！）

明らかな嘘だ。しかし、手は杷泉の方に挙がった。

かちり、と紅い石が杷泉の側に置かれる。

子昭が一。杷泉が二。

秤の皿の大きさから見て、恐らく審判の結論が出るのは石三つだろう。

このままでは、挽回《ばんかい》できない。

待機する一人の持つ、黒と白の椀が、急に恐ろしくなってきた。

あの液体は、毒――なのではないだろうか。どちらかを、殺すための。

「協力者から、発言があれば」

最後らしき場面で、白瓊はやっと発言を許された。

この場で、白瓊が背負うものは大きい。あまりにも。

失敗すれば、あの椀の毒を飲まされる。子昭が殺される。——失いたくない。

すっと息を吸い込み、白瓊は口を開いた。

「この場に、我が国の人口が、おわかりになる方はおられますか」

白瓊は、この場にいる全員の顔を見て、問うた。

答えはない。

「曜都周辺に八十万人、全国で五千万人でございます。兵数はご存じですか？　国軍の兵士は総勢九万人。失礼ながら、柯氏の皆様は政に疎《うと》くいらっしゃる。派閥争いを止めねばと言いながら、彼らのことをなにも知らず、彼らを構成する人員さえご存じない。対立していると知りながら、双方の派閥にどれだけの人数がいるかご存じですか？　炯殿下」

話を振られた杷泉は、しどろもどろになっている。

「それは……張氏と……関氏と……他は——」

「お話になりませんわ。張伯飛率いる東潔派は二十人、関峰心《ほうしん》率いる西清派は十九人。烏宗玄率いる玄冬派は三人でございます。その程度の知識しかない方が、私の肩代わりをしていたなど、嘘にも程があります。虚偽です。調べればすぐにわかること。芝居の件も、波風を立てずに、太后様を離宮建造から遠ざけるための作戦です。作戦が功を奏し、新たな計画では、離宮建造の千分の一の規模に収めることに成功しました。また、風紀を乱すと言いますが、我ら北の知識人は、詩劇を愛し、人を招いて交流します。深い教養と、文化を愛しております。政も知らなければ、文化も知らず、それで皇后の地位を狙おうというのですか、柯妃様。たった一度の観桜の宴での貴女様のふるまいが、今も人の語り草になっているというのに」

柯妃の、化粧の崩れた顔が見る見る赤く染まり、

「長！　この女は、嘘を言っています！」

と叫んだ。この程度の誹謗《ひぼう》に負けはしない。白瓊はキッと眦《まなじり》を吊り上げた。

「私は三年半の間、後宮の無駄な出費を抑えるよう努めて参りました。余剰は貯蓄もいたしましたが、災害地への援助に使っています。――照帝陛下のお名前で。私を、悪女と罵《ののし》るのは簡単でしょう。私の過《あやま》ちを一つあげつらえばいいだけのこと。多くを成せば、過ちもそれだけ多く起きます。けれど過ちを恐れて動かなければ、誰一人として助けられない。悪女と呼びたいのなら、呼べばいい。それでも、私は、国を救うことを諦めません」

「悪女でなくて、なんだというの？　皇后なんて名ばかりで、一日中遊び惚《ほう》けているだけじゃない！」

柯妃は、頑として譲らない。

事実など、彼女にとってはどうでもいいのだろう。要するに、白瓊が気に入らないと言っているだけだ。

「この審判の場で、我々の日々の行いが評価されぬことを残念に思います。——今、決めました、私。炯親王のためになど指一本動かしません。坤社院にこもって、絶対に出ません。人を悪女だと罵り、平気ですぐにわかる嘘をつき、利のない労働を強《し》いてくる者に協力などできるものですか。この混乱を、張家に媚《こ》びれば済むと思っている炯親王と、重臣の名前も知らない貴女がどう乗り切るのか、高みの見物をさせてもらおうじゃないの」

まったくもって、馬鹿馬鹿しいにも程がある。

国を救わんと懸命に励んだ挙句が、悪女呼ばわり。その上、子昭を消したあとで、自分に仕えよというのだ。白瓊にも、心があるというのに。

杷泉が「お前は黙っていろ」と柯妃を後ろに下がらせる。

柯妃の暴走は、想定外なのだろう。杷泉は「申し訳ない」と白瓊に対して頭を下げた。

普段のにやにやとした笑いは封じているので、彼の方は白瓊の評価を下げたいわけではないらしい。やり方は違っても、彼は姚皇后の能力を買っている。——嬉しくはないが。

ここで子昭が、懐《ふところ》に入っていた袋を出し、長に差し出した。

「長。こちらが、柯妃が姚皇后に飲ませようとした薬湯でございます。乾かし、粉に戻しておりますが、お検《あらた》めください。壮士二人が、姚皇后の存在の重要性を把握して行動する中、柯妃は私欲のために皇后排除を試みた。裁定人に相応しからぬ行いと断じざるを得ません。どうぞ、裁定人の一石には、ご再考を」

長は、袋を開けた途端に、「可なり。毒だ」と判じた。

（宴の時の薬湯のこと……？　毒だったの？）

茉莉が退《しりぞ》けてくれなければ、柯老師《ろうし》の薬湯と思い込み口にしていたかもしれない。恐ろしい話だ。ぞっと背が冷える。

紅い石が、一つ皿から避けられた。

死が、石一つ分だけ遠ざかったことになる。

すかさず、白瓊は、

「もう一人、協力者を呼んでおります。呼んでもよろしいでしょうか？」

白瓊が許可を求めると、長は静かにうなずいた。

一礼し、一度北側の扉まで戻り、連れ立ってきたのは可馨である。

「張貴人。そちらの、柯杷泉様の協力者だったお方です。彼女からも発言をしていただきましょう」

可馨は、ちり、と音を立て優雅に一礼してから、口を開いた。

「私は、張伯飛の五番目の娘でございます。十二歳の頃から、入宮の打診がございましたが、政情を反映して話は二転三転しておりました。急に縁談が決まったのは、昨年の夏頃。

烱殿下からのお申し出があったのです。ちょうど、紫陽花《あじさい》の花の見頃が終わった頃で――」

慎ましやかな声が、杷泉の「黙れ！」という声に遮られる。

長が手振りで、杷泉の方を黙らせた。

可馨は、続ける。

「準備期間だった秋の終わり頃、烱殿下から、良縁結びの祈願をした社院に、お礼参りをするよう言われたのです。言われるまま、侍女さえ連れず、社院に向かおうとしておりました途中――拐され、言葉にするのもおぞましい屈辱を受けました。父は激怒し、私はいくつかの条件のもと入宮する運びとなりました。身籠ったとわかったのも、その頃でございます。――烱親王は、私に、姚皇后を坤社院に去らざるを得ないよう追いつめよ、と命じられました。おぞましい噂を吹聴されたくなければ――と、暴漢と同じ声で。姚皇后は、張家を惨《むご》く滅ぼす悪鬼のごとき女だとも……」

涙で、言葉の最後は小さく震えていた。

白瓊は、慰《なぐさ》めようと可馨の肩をそっと撫《な》でたが、あっさりとその手は払われた。

キッと白瓊は、杷泉を見る。

「もともと、張貴人は入宮予定の娘でありました。それを覆し、利用したのは烱親王です。なぜそのようなことをしたのか、わかりませんでしたが、今日この場に来て気づきました。御輿の花嫁として入宮するはずだった柯妃様を手に入れ、裁定人として利用するためであったのでしょう。――当初から、柯杷様は、叔父が遡行していることを把握しておられましたので。炯殿下――柯杷泉様にお聞きしたい。貴方の策略で、国は救えましたか？」

杷泉は青ざめた顔で、両の拳《こぶし》を震わせている。

柯妃が「馬鹿な……」と呟《つぶや》く。可馨を脅した杷泉のことだ。柯妃を利用するために、駒として彼女を使ったであろうことは想像がつく。

隙《すき》を与えず、白瓊はさらに言葉を続けた。

「柯杷泉。貴方は朝議にも出ず、なぜ皇位に就こうなどと思ったのです？　国は、貴方の箱庭ではありません。繰り返しますが、私は、貴方のような人のためには指一本動かさない。私が自身の力を発揮できるとすれば、柯子昭の傍《かたわ》ら以外ではあり得ない」

姚白瓊という人間の値《あたい》を、今、白瓊は武器にした。

白瓊は、ずんずんと歩いて、南側の扉を開ける。

そこには、諸臣らが待機していた。白瓊の指示だ。

ずらり――と盤古殿の向こうの白い広場には、百官が並んでいる。

白瓊は、パッと手を上に振り上げる。それが合図だ。

「照帝陛下万歳！」

「照帝陛下万歳！」

わっと一斉に声が上がる。

天をも震わすほどの声が、盤古殿の内部にまで届かぬはずもない。

「天子たる者はただ一人——照帝陛下万歳！」

白瓊が叫べば、周囲に待機していた兵士にまで、声は広がっていく。

この声は、子昭自身の謙虚さと、勤勉さが獲得したものだ。

白瓊は、くるりと振り返った——途端に「きゃあ！」と悲鳴を上げ、慌てて扉を閉める。

つい先ほどまで、立っていた白袍の二人が膝をついていたからだ。

「子昭……！」

白瓊は、子昭のいる場所まで走り寄った。間に合わず、ぐらりと子昭の身体は床に倒れ伏す。

そこに割れた椀が、二つ転げていた。

黒の椀も、白の椀も。

どちらが、どちらを飲んだのか、判別ができない。

白瓊が可馨に「なにがあったの⁉」と問えば、

「わ、わかりません。あの……長が、薬を——」

と震える声だけが返ってきた。

パッと白瓊は、柯氏の長ら三人を見た。

白い石が、三つ。——子昭が認められたはずだ。

膝をついたまま、杷泉は子昭に向かって「なにが悪い！」と叫んだ。

「皇位を望んで、なにが悪い！　栄えある壮士に選ばれ、命まで捨てて遡行した先で、機を見て殺すべき暴君と聖女が手を組みだしたら、どうすればよかったんだ？　生き延びたいと思って、なにが悪い！　消されるとしても、せめて子を得たいと願ってなにが悪い！　私とて人だ！　家畜ではない、家畜ではな――」

家畜ではない、人だ。

いつもヘラヘラと笑っていた杷泉が、真っ赤な顔で怒鳴っている。

その杷泉が、ゴン、と鈍い音が響いた直後に、ばたりと倒れた。真っ赤な血を吐いて。悲鳴を上げる間もない。

柯妃が、玉璽で杷泉の頭を強《したた》かに殴ったのだ。

「お前のせいだ……お前のせいだ！　よくも私を欺《あざむ》いたな！　私は、お前が余計な策を弄《ろう》さなければ、黙っていても皇后になれたはずだったのではないか！　御輿の花嫁に選ばれていたのに！　壮士の言葉だからと信じたものを！　お前のせいで……！」

柯妃が、炯親王の身体を蹴《け》っている。

彼女もまた、人生を陶氏と柯氏の契約によって変えられた一人だ。

柯妃は杷泉を蹴り続けたあと、ごろりと玉璽を放ると、薬師が差し出した杯をぐいと空け――血を吐いて死んでいった。

「きゃあああ！」

可馨は今度こそ悲鳴を上げ、白瓊は悲鳴も上げられなかった。

立て続けに起きた殺戮《さつりく》が、理解できない。

「これは──どういうことです？　どうして、こんな──」

静かに二人の死を見届けた長は、軽く一礼した。

「此度の件を受け、血が濃すぎることもまた、危ういと判断いたしました。子を産む道の途絶えた御輿の花嫁も、始末するものと決まっております。──以上をもって、審判を終了いたします」

白瓊は、呆然としていた。

彼らは、子昭と白瓊の能力を認めたのではない。

柯氏の血が濃かったがために、二人の壮士が同じ世に来たことを問題と判断した彼らは、より濃い血の子が生まれる可能性のある、杷泉と柯妃夫婦を排除したというだけだ。

(私たちの奮闘は無意味だったたって……こと？)

子昭の胸は、上下している──生きている。

二人の壮士の運命は、生と死によって分かたれた。

自分の弁舌が彼らを殺した──と罪の意識を感じるべきところだが、今の流れではそうとも言えない。勝手に柯妃を迎えた炯親王が、ただ自滅しただけだ。

そのあまりにあっさりとした死の、虚《むな》しさたるや。

「なんなのこれ……こんなことが、許されていいの？」

人には、命がある。

人には、心がある。

それをこのように、簡単に、奪う権利が誰にあるというのだろう。

もう、なにも考えたくない。――けれど、この茶番の幕引きができるのは、自分だけだ。

のろのろと立ち上がり、白瓊は銅鑼を思い切り叩く。

委鼎の儀が終わったことを知らせる合図だ。

どっと人が、盤古殿の中に入ってきた。

「天は、照帝陛下をお認めになられた！　照帝陛下万歳！」

叫んだあと、白瓊は駆けつけた猫児らに「皇上を、紫昴殿にお運びして！」と命じた。

「皇后陛下、あの、その玉璽は――」

猫児が、血まみれのまま転げた印璽を示す。

「不吉だから溶かしてしまって。それは宮璽《きゅうじ》よ。本物なんて、渡すつもりはなかったわ」

運ばれていく子昭ばかり見つめていたので、猫児がなんと答えたかは聞いていなかった。

ただ、やけに明るく笑う声がしたような気がする。

（なんと虚しいの）

なにもかも、すべてが虚《うつ》ろだ。

この荘厳な建物までも、虚しく感じる。

これは勝利などではない。

白瓊の心に、柯氏への憎しみの炎が宿っている。

いずれこの炎が、彼らを焼く日が来るのではないかという気がしてならなかった。

目覚めた子昭の第一声は、

「俺は、死んだのだな」

というものだった。

こちらが本当に目覚めるのかと気を揉み、枕元で祈っていたというのに。

「生きていますよ」

子昭は、まだ朦朧《もうろう》としているのか、腕を白瓊に向かって伸ばしてきた。

骨ばった大きな手は、ひどく冷たい。温めてやりたくて、両手でしっかりと握る。

「願いが、叶ったのだろう？　来世で――」

「来世？」

「来世では、貴女と夫婦になりたいと――願ったから」

白瓊には言わせなかった言葉を、子昭は口にした。

目頭が、熱くなる。彼の思いは、いつでも心の支えだった。希望だった。

「貴方は、生きていますよ。子昭」

「たしかに……現実だな。貴女を、泣かせてしまっている。私は、生き残ったのか」

くしゃりと悲しそうに、子昭の顔が歪む。

白瓊は、ぎゅっと子昭の身体を抱きしめた。

「はい」

審判の結果は、彼が生きていることで知れる。

子昭の手が、白瓊の頭を優しく撫でた。

「これは、私欲だ。罪だ。貴女と……共に生きたいと願ってしまった」

「私も、罪を犯しました。夫ではない人と、共に生きたいと願ってしまったのですから」

手が一度離れ、そして、ぎゅっと強く抱きしめられた。

ただ、離れがたかった。

大義とは別のところで、強く願っていた。共に生きたい。照帝ではなく、柯子昭と。

だから、あちらも私欲なら、こちらも私欲。隔てるものは少なかった。

「柯妃が、貴女に毒を盛った日……心に誓った。貴女を守るのは、私なのだと」

「先ほど、柯老師を呼んでと叫んで、人に知らされました。柯老師は、貴方だったのですね。……あの日、私を守ってくださったのも。これまでも、ずっと」

「……すまない。言いそびれていた。ただ、貴女からの信頼が、私の心を固めてくれた。共に生きたい。貴女と。そのためなら、なんでもする」

「この選択を、正しいものにしましょう。私たちの手で、きっと」

「あぁ。命をかけて、そうして見せる。だから――共に生きてくれるか、俺と」

「――はい」

その日、白瓊ははじめて紫昴殿で夜を過ごした。

翌朝になって、

「柯氏の長は、なにか言っていたか？」

と子昭は問うた。

――器が、魂を凌《しの》ぐことになりましたら、こちらをお使いください。

――柯氏の薬師の優れた鼻にも、気づかれぬ毒でございます。

柯氏の長は、去る前にそう言って、白瓊に絹の袋を渡した。

――その毒だけが、貴女様を正しい存在にするでしょう。

この袋を持ち続けることが、柯氏の裁きに立ち会った者が負う役目だ。このめくるめく幸せと引き換えにして。

彼の死を見届けるのが、務めだと思っている。

「いいえ、なにも」

ただ白瓊は、優しく笑んだ。

張氏が起こした内乱は、炯親王の薨去《こうきょ》により鎮火した。子昭の知る世で三年続いた内乱は、わずか三カ月で収束したのである。

時を置かず、彼らが行っていた汚職の証拠が玄冬派によって公開された。張家の、後宮内の祭祀費流用と、離宮建造の資金の着服は、総額二億環《かん》を超える額であった。同時期に、関家の地方での収賄《しゅうわい》と、昂羊宮の劇場建設に関する横領も明らかにされた。両家の主は、乱の収束と同時に公職を退き、一族はそれぞれ、東と西の拠点へと帰っていった。

各地で起きていた小規模な争いも消滅。これを機に、国軍は国境の防備を徹底的に厚くする。派閥がらみの人事は排され、土地に根づいた者が、兵の育成から手掛けるよう法が変えられていった。

中央では、派閥が比較的健全な体質へと変容していく。東潔派は文月の父の郭氏が、西清派は秀麗の父の葛《かつ》氏が率い、玄冬派と協力して多くの政治的改革を試みる。

この国境守備の強化を含めた改革は、国に百年の繁栄をもたらしたと評された。

一連の改革の成果は中心人物の名を取り、照姚《しょうよう》の治《ち》として後の世に知られることになる。

跋　愛しき蟠桃

池からの涼やかな風が心地いい。昂羊宮《こうようきゅう》は、夏の盛りを迎えようとしていた。

シャンシャンシャン……

銅鑼《どら》の音に合わせ、美しい舞台で役者たちが激しく踊っている。

今日は昂羊宮の大舞台が完成した、関係者だけの内覧会だ。

着工から一年半余で、完成にいたった。周囲の四つの楼《ろう》の完成は先だが、おおよその姿はもう見えている。

シャンシャン……

雲霞《うんか》の美女らは、宮廷歌劇団の団員として、今も後宮に留まっている。

歌劇団は、すでに姚《よう》家の詩劇団の手を離れ、独自の世界観を表現するようになった。

文月《ぶんげつ》は物語を、秀麗《しゅうれい》は曲を、そして白瓊《はくけい》は詩を、それぞれに心血を注いで作り続けている。

舞台の演目は『悪王傾城《あくおうけいせい》』。

愚《おろ》かな王が美女に惑い、しかし最後は正気を取り戻して自《みずか》ら命を絶つ物語だ。

銅鑼に合わせて、王に背いた反乱軍が城を包囲する。絶体絶命である。

美女は、愛に間違いなどあるものかと囁《ささや》く。

悪王は、愛であろうと間違っていた、と悔やむ。

紅雲《こううん》と春霞《しゅんか》の歌声に、笛の音《ね》が重なっていく。

――己の愚昧《ぐまい》なるに気づけれど、時すでに遅し。耳を傾けるに足るは、美女の囁きに非《あら》ず。忠臣の諫言《かんげん》なり。

悪王は己の愚かさを悔い、剣を振りかざす。

妖艶《ようえん》さのますます増した春霞演じる美女は倒れ、悪王は天に許しを乞う。

――天に乞う。次の世は名もなき路傍《ろぼう》の石に生まれ変わらせ給《たま》え。

美しいだけでなく、演技に凄《すご》みの増した紅雲が、砦《とりで》から身を投げるところで舞台は終わる。

しん、と場が静かになったあと、観覧席からわっと拍手が起きた。

鳴りやまぬ拍手の中、役者たちが揃《そろ》って礼をする。

白瓊は、隣にいた文月と秀麗と、握手を交わしあった。

「文月、素晴らしかった！　話の筋を変えたところが、特に印象強かったわ」

賛辞に対し、文月は余裕のある微笑《ほほえ》みを見せた。張氏の乱のあと、東潔《とうけつ》派をまとめているのが、彼女の父親の郭司浩《かくしこう》だ。内乱の際、張家に関する多くの情報を提供してもらっている。

「はい。紅雲の演技が素晴らしいので、筋を変えたのがよかったようですわ。姉上様も、詩の変更をぎりぎりにお願いしましたのに、一晩で仕上げていただいて、本当に助かりました」

暮らしの安定と、一族を盛り立てた自信がそうさせるのか、文月のおどおどとした印象はもうすっかり薄くなった。数字に弱い、などと言って、帳簿から目を背けることもなくなっている。

「秀麗。あの曲は、他の人には書けない迫力だったわ。今度、貴女が演奏するのを聴かせて。最高よ」

佇《たたず》まいが落ち着いたのは、秀麗も同じだ。彼女の父親も、今は西清派《さいせいは》をまとめる存在になった。文字も学び、後宮においての雑務の多くを取り仕切るようになっている。

「喜んで。私、やはり姉上様にお聴かせするのが、一番楽しいです」

秀麗は、少し涙ぐんでいた。

照帝《しょうてい》に打ち捨てられ、孤独に生きていた頃の日々は遠い。

「これほど素晴らしい舞台だもの、太后様の供養にもなるわね」

白瓊が言うと、二人は「「はい」」と声を揃えた。

太后は舞台の完成を見ることなく、今年の春の終わりに世を去っている。

昂羊宮に移ってからは、体調を崩して、人と会うことも拒むようになった。白瓊は見舞いに行ったが、拒まれている。美しい宦官《かんがん》たちが言うには、以前の姿ではないことを恥じていたそうだ。亡くなったあとも、決して姿を人に見せぬようにと遺言していたと聞く。

ただ、看取った宦官によれば、死の直前には老婆《ろうば》のような姿になっていたそうだ。

ただ、彼女の美しいものを愛する心が、この素晴らしく美しい建物群を作った。

四季を象徴する建物が四つ並び、それぞれに花の意匠が施《ほどこ》される予定だ。

白瓊の頰《ほお》には、笑みがある。

高い空と、美しい建物。

素晴らしい舞台と、創《つく》り上げる仲間たち。

なんと豊かな人生だろう。

そして、悪政によって死なずに済んだ数千の人々が、今日も暮らしを営んでいる。

彼らを守り得たことが、白瓊の誇りだ。

後世の評など、気にしたところで仕方ない。いつぞやの観桜《かんおう》の宴《うたげ》で、白瓊が不届き者に触れられたのを許せず、袍《ほう》を燃やさせたのを見た者がいた。きっとその者が白瓊を憎んだ時、姚皇后は袍を気軽に焼き捨てていた――という逸話を作るのだろう。烱親王《けいしんのう》とのやり取りを記憶している者もいる。これも、姦婦《かんぷ》と呼ばれる可能性があった。玄冬《げんとう》派を率いていた烏宗玄《うそうげん》は、息子の死以来気鬱《きうつ》に悩み、宰相《さいしょう》の地位に就きながらも邸《やしき》から出られぬ日が多い。代わりに国を支えているのが、白瓊の父の姚斉幹《さいかん》だ。これも、世の人が憎んだ時、政治をほしいままにしたとの評に変わりかねない。

好きにすればいい。今はそう思っている。

己が正しいと思う道を進む以外、できることなどないのだから。

「さぁ、皆も酒杯を手に。素晴らしい歌劇に、乾杯しましょう」

役者たちにも、酒杯が行きわたる。

杯をかかげ、酒を飲み干す女性たちの顔は、等しく明るかった。

内覧会が終わったあとも、白瓊は昂羊宮《ししょう》に残っていた。

家族で過ごす時間を持つためで、子昭の親政がはじまってからはじめてのことだ。

池の端で、子供たちが遊んでいる。片言ながら、言葉もずいぶん増えてきた。

彼らも二歳になっている。生まれた頃の、混沌《こんとん》とした時期を思うと、よくぞここまで育ってくれたと感動を覚えずにはいられない。

「大きくなりましたね、二人とも」

「そうだな。健やかでなによりだ」

横に座る子昭は、蛙《かえる》を追って歩く子供たちを見つめている。視力はほぼ回復しているようだ。毒は抜けたのだろう。

間もなく、照帝が死ぬはずだった時期が来るはずだが、正確な日時は聞いていない。

死ぬはずだった玉鈴《ぎょくりん》は生きており、死ぬはずだったのか、死んだと伝わっただけだったのかわからないが、可馨《かこう》の子の鐘允《しょういん》も、こうして生きている。

変わった運命と、変わらなかった運命があった。

可馨は、出産中に命を落とした。その腹を裂いて鐘允を生かしたのは、子昭である。

――死の三日前に、白瓊は可馨と話をした。

可馨は「母は、美しければ幸せになれると言っていたけれど、一度もいいことなどありませんでした」と言っていた。白瓊が「私は妬《ねた》ましかったわ。貴女《あなた》があんまり美しいから」と伝えると、声を上げて笑い「いいことが、ありましたね。一つだけ。溜飲《りゅういん》が下がりました」と言っていた。

「まぁ、あんなに走って。転びそう」

「転んだら転んだで構わない。学ぶこともあるだろう」

穏やかな子昭の言葉に、白瓊は微笑む。

「……そうですね。それも大事な経験です」

言った先から鐘允が転んでいたが、泣く様子もない。

二人の子供たちは手を取り合い、また前に進んでいく。

その姿に、心が洗われる思いだ。

「強いな、彼らは」

「——貴方《あなた》も」

白瓊は笑んで、子昭を見上げた。

子昭は、明るく笑んでいる。

——ただ彼の人の莞爾《かんじ》たるを望む。

いつぞや自分が詩にしたように、彼が笑顔でいられることがなにより嬉《うれ》しい。

卓の上に料理が運ばれてきた。最近は、時折子昭も酒を飲むようになった。米の酒のこともあれば、麦の酒のこともあった。ただ、葡萄《ぶどう》酒だけは飲まない。

ふっと甘い香りが漂ってきた。

すぐにわかった。あれは、桃の香だ。

鼻のいい子昭は、白瓊より先に気づいていたかもしれない。

蟠桃《ばんとう》は避けさせていたはずだが、宦官が「甘州刺史《かんしゅうしし》よりの贈物でございます」と皿を差し出してきた。

子昭の目が、桃に向かっている。

下げて、と言いかけたが、続いて茉莉《まつり》が、

「奥様。最近、食が細くていらっしゃいますもの。お腹《なか》のお子のためにも、少し召し上がってみてはいかがです？」

と、しゃがれていない声で勧めてきたので、断り損ねた。

――白瓊の腹には、今、子が宿っている。

そうと知った時、喜びと共に、思った。この子も、器《うつわ》になり得るのだ、と。

ある日突然身体《からだ》を奪われ、命を終える日が、来るのかもしれない。

柊帝《しゅうてい》の晩年の恐怖も、照帝の錯乱も、今となっては少しだけ理解できる気がする。

「そうね、いただこうかしら。……子昭も、いかがです？」

「いや、私は……」

子昭は、己の心が器に引きずられる日を恐れている。今も、変わらず。

実際のところ、白瓊は腹の子が、誰の子なのかがわからずにいる。照帝の子なのか、子昭の子なのか。もし血が人の性質を決するのなら、いずれ柯《か》氏の血を持つ子供たちも、宿命の過酷さに疲弊《ひへい》し、牙を剝《む》きだしにする日が来るのかもしれない。

だが、そんなことは起こり得ない、と信じている。

人を作るのは、環境だ。

子供たちを信じるのと同じだけ、白瓊は子昭を信じていた。

「もう、よろしいのではありませんか？　貴方は貴方ですもの。それとも、お心が変わりました？」

私が疎《うと》ましく思えますか？　と白瓊は言外に問う。

答えはわかっている。子昭は、穏やかに笑んだ。

「まさか、変わるわけがない」

「私も、そう信じています。――さ、どうぞ」

白瓊は、笑顔で蟠桃を勧めた。

恐る恐る、子昭は蟠桃に手を伸ばし、ついに一つ手に取る。

しかし、口には運ばず、白瓊に向かって手渡した。

手に取れば、その甘い芳香は、うっとりと酔うほどに強い。

「自分の好きなものは、まず人に贈りたいと思うものだな。――桃は好きか？」

愛する人の問いに、白瓊は、

「はい、皇上《おかみ》」

と笑顔で答えていた。


捨てられた皇后は暴君を許さない　～かくも愛しき蟠桃～　了

※この作品はフィクションです。実在の人物・団体・事件などにはいっさい関係ありません。

集英社オレンジ文庫をお買い上げいただき、ありがとうございます。
ご意見・ご感想をお待ちしております。

●あて先
〒101-8050　東京都千代田区一ツ橋2-5-10
集英社オレンジ文庫編集部 気付
喜咲冬子先生

捨てられた皇后は暴君を許さない
～かくも愛しき蟠桃～

集英社
オレンジ文庫

2024年11月24日　第1刷発行

著　者　喜咲冬子
発行者　今井孝昭
発行所　株式会社集英社
〒101-8050東京都千代田区一ツ橋2-5-10
電話【編集部】03-3230-6352
【読者係】03-3230-6080
【販売部】03-3230-6393（書店専用）
印刷所　株式会社美松堂／中央精版印刷株式会社

ISBN 978-4-08-680586-5 C0193

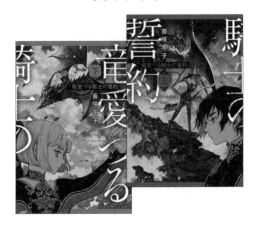

集英社オレンジ文庫

後白河安寿

あやかし姫のかしまし入内《エンゲージ》

あやかしと人間の諍いを鎮めるため、
陰陽師でもある帝・日向と
あやかし姫の毬藻が政略結婚!!
だが百鬼夜行で輿入れしたり、
門を雷で破壊したりと、
問題が生じる中、帝位を巡る陰謀が!?